QUESTI OSCURI PRESAGI

TENEBRE E LUCE
LIBRO 3

MICHELE AMITRANI

www.micheleamitrani.com

Pubblicato da Michele Amitrani

Paperback ISBN 978-1-988770-82-6

Ebook ISBN 978-1-988770-66-6

Cover Design di Abel Montero.

This cover has been designed using resources from Freepik.com

1

IL DEMONE ADDORMENTATO

Non dimenticherò mai il giorno in cui guardai il lupo addormentato sul mio letto. Le forbici usate dal guardaboschi per liberare me e mia nipote gli avevano aperto la pancia da parte a parte.

Non fu mai chiaro come riuscimmo a fuggire da quell'incubo. L'unica cosa certa è che tagliando lo stomaco, il guardaboschi creò un'uscita dal mondo oscuro in cui eravamo intrappolate.

Ricordo bene il senso di incertezza e di timore che stavo provando, e ricordo altrettanto chiaramente la promessa che avevo fatto al custode che si era sacrificato per salvarmi. Avevo giurato che avrei posto fine alla minaccia dei demoni mutaforma.

E avevo tutta l'intenzione di mantenere fede a quella promessa.

Fissai il taglio che poche ore prima era stato lungo quanto il mio braccio ma che ora si era rimpicciolito considerevolmente. I poteri rigenerativi del demone erano impressionanti.

Mi avvicinai al letto e valutai il mio assalitore. Manteneva l'aspetto da lupo, ma c'era qualcosa che non tornava nelle sue sembianze. Per cercare di indossare i miei vestiti aveva ristretto muso e mascella. La parte inferiore del corpo era un miscuglio di tratti che si amalgamavano a vicenda, facendolo apparire come una creatura grottesca, in parte lupo, in parte uomo, in parte qualcosa di completamente misterioso.

"Avevi ragione, mia Signora," disse il guardaboschi. "La corda è robusta. Non riuscirà a spezzarla neanche se si svegliasse."

Mi girai e feci un cenno d'assenso. Il guardaboschi era quasi due spanne più alto di me. La sua carnagione era nera come il carbone e aveva la testa rasata. Una giacca di cuoio ricopriva il busto, lasciando esposte le braccia gonfie di muscoli. Indossava orecchini di un metallo noto come 'Verde Vero', un simbolo di virilità esibito dagli uomini nella regione di Kutrasha quando raggiungono la maturità. Pantaloni di lana marrone scuri e stivali di pelle completavano la sua uniforme.

Nella mano destra teneva un fucile da caccia. Il calcio, realizzato in legno di cheelxior, sottolineava la linea lunga e stretta della canna, progettata per sparare in lontananza. Non era un'arma da sfoggiare per impressionare gli avventori in una taverna; era un modo per concludere una situazione spiacevole a distanza.

Anche se svettante e muscoloso, il mento sbarbato e

gli occhi esitanti rivelavano la sua giovane età. Avrà avuto diciotto, al massimo diciannove primavere.

"No," dissi. "Con la pozione che gli ho dato, non riuscirà a svegliarsi neppure con una cannonata, ma la corda è una precauzione necessaria."

Il cacciatore spostò il peso da un piede all'altro. Lo vidi aprire e chiudere la bocca. "Mi rimetto al tuo giudizio, mia Signora. Non so nulla di pozioni."

"Fidati. Tenerlo in vita è la cosa migliore che possiamo fare. Ora si tratta solo di aspettare."

Il guardaboschi annuì, ma la sua espressione ne tradiva l'insicurezza.

Indugiai con lo sguardo sulla creatura che era stata la causa di tutte le nostre sofferenze, rievocando quello che era successo quando il giovane custode della foresta ci aveva salvato.

"Siete salve," aveva proclamato, posando le forbici e afferrando il fucile. "Ora fatevi da parte." Aveva puntato l'arma sul demone, pronto a fare fuoco.

"Aspetta!" Mi ero frapposta tra lui e il lupo. "Abbassa quell'arma. Non puoi ucciderlo."

"Che cosa stai facendo, donna? Fatti da parte."

"Nonna?" La voce tremante di Cappuccetto Rosso era foriera di preoccupazione.

"Bambina mia, ascolta." Raggiunsi uno scaffale che conteneva una fiala e gliela diedi. "Voglio che tu vada in cucina e che beva questo rimedio."

"Che cos'è?"

"Ti farà sentire meglio."

"Io non..."

"Sei stanca, hai bisogno di riposare," le dissi.

"Ma nonna, non voglio lasciarti da sola!"

"Non discutere. Non c'è tempo."

La piccola aveva guardato il guardaboschi. "Ti prego, non farle del male."

"Non è mia intenzione," aveva detto il guardaboschi. "Non mi hai sentito, donna? Che cosa credi di fare?"

"Non preoccuparti, starò bene," avevo rassicurato mia nipote. "Te lo prometto. Adesso vai."

Cappuccetto Rosso aveva aperto la bocca per replicare, ma alla fine ci aveva ripensato. Era uscita dalla stanza chiudendosi la porta alle spalle.

Quando fummo soli coprii la distanza che mi separava dal ragazzo. "Credi di sapere chi sono, cacciatore," dissi. "Sei venuto a visitarmi più volte mentre sorvegliavi la foresta, credendomi una povera anziana. Non mi sono mai presentata, non ti ho mai invitato a entrare e non mi sono mai preoccupata di conoscerti. C'era un motivo."

Il guardaboschi aggrottò la fronte. "Di che cosa stai parlando?"

"Il mio nome è Tavana, figlia di Kalla."

"Tavana?" Mi aveva guardato in silenzio, cercando un indizio della donna leggendaria, ma tutto ciò che vide furono rughe, muscoli flaccidi e pelle cadente punteggiata da macchie scure.

"Ero una tenente guardiana della Cerchia dei Cacciatori, incaricata dall'Unica Madre di proteggere il regno dalle creature oscure di Durungani. Per lo splendore della Foresta Eterna, fratello, abbassa l'arma e lascia che ti spieghi perché questa creatura deve vivere."

Il cacciatore aveva abbassato il fucile, il suo volto una

maschera d'incredulità. "Stai... Stai dicendo che sei la Signora dell'Ascia?"

Avevo usato quel momento di incertezza per continuare a parlare. "So che cosa stai pensando. Credi che sia impazzita nello stomaco del mostro. Non ti biasimo. Ascolta, posso dimostrarti chi sono in mille modi diversi. Posso rispondere alle tue domande, posso raccontarti delle storie, ma ci vorrebbe del tempo che non abbiamo. Dobbiamo assicurarci che la creatura rimanga innocua."

Avevo indicato un mobile sul lato opposto della camera. "C'è una corda incantata all'interno di quel cassetto. Per favore, aprilo."

Il guardaboschi aveva aperto il cassetto con fare guardingo. La sua mano ne era emersa con una corda d'argento. "*Farinduri*," aveva mormorato, tenendo l'oggetto con reverenza. "Argento invernale."

"Gli elfi me la donarono quando riuscii a legare Beltamor, il padre di tutti i draghi."

Le mani del cacciatore avevano tremato per timore reverenziale.

"Come ti chiami, custode?"

"Knifold, figlio di Extobar."

"Knifold, figlio di Extobar, ti sarò per sempre grata per averci salvate, ma non posso permetterti di uccidere questa creatura."

"Perché no?"

"Perché possiede conoscenza essenziali per salvare molte vite."

"Questo lupo?"

"*Sembra* un lupo, ma in realtà è un demone mutaforma."

"Un demone mutaforma?"

"Può cambiare il suo aspetto. Ora ha queste sembianze, ma solo l'Unica Madre sa cos'è veramente. C'è un altro mostro simile nella foresta di Evasturia. Tenendo vivo questo demone, abbiamo una possibilità di trovare il suo compagno."

"Come fai a sapere tutte queste cose?"

"C'era un altro guardaboschi dentro lo stomaco. È stato lui a dirmi dei due mostri."

Knifold aveva adocchiato lo stomaco del lupo. "Vuoi dire che è ancora lì dentro?"

Avevo scosso la testa. "No. È morto."

"Chi era?"

"Non conosco il suo nome. Ha avuto solo il tempo di rivelarmi che, dietro ordine della Cerchia, da tempo era sulle tracce di una creatura che si ciba di carne umana. Il demone lo ha colto di sorpresa mentre gli stava dando la caccia."

Knifold aveva fissato la creatura come se la vedesse per la prima volta.

"Fratello della foresta." Gli avevo posto le mani sulle spalle. "Mi aiuterai a legarlo?"

Il cacciatore aveva dato un'occhiata alla corda elfica, poi aveva annuito.

"Ti ringrazio." Mi ero mossa verso il comodino e avevo rovistato nel cassetto, alla ricerca di una fiala con un liquido color tramonto. "La Benedizione del Domani." Gli avevo mostrato la pozione. "Lo farà dormire per tutto il tempo che vogliamo."

Knifold mi aveva osservato di sottecchi mentre mi aiutava a legare la creatura. "Dicono che Tavana sia morta anni fa."

Avevo sorriso a quell'affermazione. "Una diceria che non ho diffuso, ma che non ho neppure combattuto." Avevo versato la pozione nella fauci del demone. "Volevo che il mio isolamento fosse il più tranquillo possibile. Saresti sorpreso di sapere quanti bardi, aspiranti eroi e nemici mi cercherebbero se sapessero dove vivo. Apri quell'armadio." Avevo indicato l'altro lato della stanza, dove un vecchio guardaroba prendeva polvere da tempo immemore. "Troverai qualcosa di familiare."

Knifold aveva aperto l'armadio, sbirciando all'interno. Aveva tirato fuori un lungo abito con un cappuccio rosso. L'ultima traccia di dubbio era scomparsa dal suo volto.

"Sei davvero Tavana." Aveva fatto un passo all'indietro, abbassando gli occhi. "Sei davvero la guardiana incappucciata. Perdonami. Mi sono reso ridicolo. Avrei dovuto riconoscerti, Signora dell'Ascia."

"Alzati. Io stessa quando guardo allo specchio stento a riconoscermi, fratello della foresta. Te lo ripeto: ti sarò per sempre grata per averci salvato la vita. So che vuoi uccidere questa creatura. La voglio morta due volte più di te, ma spero che tu capisca perché è saggio risparmiarla."

"Sì. Capisco. Sono onorato che il destino mi abbia permesso di incontrarti."

Una folata di vento scosse le tende della finestra e il rumore improvviso mi riportò al presente.

Stentavo a credere che quella conversazione fosse avvenuta solo tre giri di clessidra prima. Sembrava che fosse passata un'eternità.

Sbattei le palpebre e mi avvicinai al demone.

"Mia Signora, sembri esausta." La voce di Knifold era

foriera di preoccupazione. "Dovresti riposare. Dopo tutto quello che hai passato, mi chiedo come tu riesca a stare in piedi."

Diedi un'occhiata alla porta della camera da letto. Dall'altra parte, in cucina, sapevo che mia nipote stava dormendo profondamente. Avrei voluto anch'io sprofondare in un sogno senza sogni, ma non potevo. Non ora.

"C'è molto da fare," dissi, trascinando le parole come se ognuna fosse una zavorra. "Non siamo al sicuro. Ho paura di chiudere gli occhi finché entrambi questi demoni saranno vivi."

Knifold annuì. "Hai ragione di credere che l'altro lupo si trovi ancora a Evasturia?"

"Queste creature uccidono da giorni, forse da settimane. Una volpe non ha motivo di lasciare un pollaio finché non viene cacciata con un forcone."

Knifold guardò il demone, ma non replicò alla mia affermazione.

"Vieni. Ci sono molte cose di cui dobbiamo parlare." Chiusi la porta dietro di me e invitai Knifold a sedersi davanti al caminetto, uno spazio in pietra con una manciata di braci che si erano raffreddate. Per qualche minuto mi preoccupai di sgombrare il focolare dalle ceneri e di aggiungere tronchi secchi. Mentre il guardaboschi era impegnato con un acciarino andai in cucina per controllare mia nipote. La trovai che dormiva con la testa appoggiata sul tavolo di quercia.

"Sogni d'oro, bambina mia." Le sistemai sulle spalle una pelliccia d'orso e le baciai la fronte. Rimasi a guardarla per qualche momento, quindi aprì un cassetto, rovistai all'interno ed estrassi una piccola ampolla.

All'interno c'era una lozione color cenere. Esitai qualche istante prima di applicare una dose generosa sulle sue tempie. Era talmente esausta che non si mosse neppure.

Tornai dal guardaboschi, trascinando una sedia davanti al camino.

"Come sta?" Knifold indicò la cucina.

"Sta dormendo," risposi, riscaldando le mani vicino al fuoco.

"Da quello che mi hai raccontato, deve essere stato come un incubo."

"Più di quanto chiunque possa immaginare." Distolsi lo sguardo dal giovane custode. "Nessuno dovrebbe vivere un'esperienza del genere. Tantomeno una bambina."

Le immagini dei corpi bruciati dei miei genitori mi balenarono davanti agli occhi. Ricordai l'odore di carne carbonizzata, il vento che disperdeva le ceneri della mia casa consumata dalle fiamme.

"Pensi che si riprenderà?"

Scossi la testa, scacciando lo spettro del ricordo. "La ho dato una lozione di bellasperida. Spero che l'aiuterà a dimenticare almeno parte di quell'esperienza. Solo il tempo saprà dire se funzionerà."

"Bellasperida?" Knifold alzò un sopracciglio. "So poco di pozioni, ma ne ho sentito parlare. Non si tratta di un rimedio un po' drastico?"

"Non permetterò che ricordi quell'inferno. Non sai che cosa abbiamo passato nello stomaco del mostro."

"No, mia Signora. Non ne ho idea, ma..."

"Mia nipote ha tutta la vita davanti," dissi. "Non

voglio che la spenda spartendo le notti con i fantasmi del passato."

"Certo, capisco." Knifold si schiarì la gola. "C'è qualcosa che posso fare per aiutarla?"

"Ho bisogno che la porti a casa quando si sveglierà. Sua madre sarà preoccupata."

"Sarà fatto, Signora dell'Ascia."

"Chiamami Tavana." Lo dissi con più asprezza di quanto avessi voluto. "Non sono un'anziana della Cerchia, e non merito di essere chiamata con quel titolo dopo aver rinunciato al ruolo di custode."

"Ma il tuo nome è inciso nell'Albero Sempiterno," disse Knifold con un'espressione confusa. "I fratelli e le sorelle della foresta cantano ancora le tue gesta nelle taverne del regno, dalla città di cristallo di Halvezia alla pianura desertica di Akumar."

"Sono lusingata, ma non c'è bisogno di mettermi su un piedistallo. Sono solo una vecchia che sta perdendo colpi."

"Tu sei una leggenda," disse Knifold, come se l'affermazione giustificasse la sua testardaggine. "Meriti tutto il rispetto del tuo titolo."

Leggenda. Strinsi la mascella fino a farla schioccare. Anche il guardaboschi morto nella pancia del lupo mi aveva chiamato in quel modo. La parola suonava come un oscuro presagio con cui non volevo avere niente a che fare. Se fossi stata davvero una leggenda, sarei riuscita a liberarlo. Invece, tutto quello che ero riuscita a fare era bruciarlo vivo per salvarmi.

Gettai un ceppo di legno nel fuoco, guardandolo

bruciare. "Le leggende incantano gli stolti convinti che il mondo sia la canzone di un bardo."

Knifold sbatté le palpebre, sorpreso dalla mia risposta.

Sospirai. "Non far caso a quello che ho detto. Hai ragione. Sono stanca, e le parole mi escono dalla bocca senza controllo. Puoi perdonarmi?"

"Non c'è niente da perdonare, mia Signora."

Gli misi una mano sul braccio. "Un guardiano della foresta è morto per permettere a me e a mia nipote di fuggire."

Knifold poggiò il palmo della mano sulla tempia e mormorò: "La sua morte rende possibile il nostro domani."

"La sua morte rende possibile il nostro domani," ripetei, scandendo ogni parola con convinzione. "Gli ho promesso che avrei fermato il massacro, e ho intenzione di mantenere quella promessa. Quel guardaboschi è stato battuto perché non si aspettava due demoni."

"Ma io so che cosa aspettarmi," disse Knifold, gonfiando il petto. "Posso stanare la creatura e ucciderla prima che altri soffrano."

Mi morsi il labbro. Il ragazzo aveva un buon cuore ma era troppo impulsivo. Non mi stupì che la Cerchia lo avesse mandato in una zona remota come Evasturia. Non era pronto a dare la caccia a un demone mutaforma. Sarebbe stato un suicidio.

"Dobbiamo avvertire la Cerchia," gli dissi senza mezze misure.

"Ma... mia Signora. Hai appena detto che sanno già

del lupo. È il motivo per cui hanno mandato quel cacciatore, giusto?"

"È vero. Sanno che esiste un *pericolo*, ma ne sottovalutano la portata."

"Allora forse potrei usare il mio cavallo e avvertire la guarnigione di custodi che si trova a Ellermore. La città è..."

"No," lo interruppi. "Il viaggio durerebbe più di due giri di sole e ho bisogno che tu sia al mio fianco. Rappresenti l'unica protezione che hanno le persone di Evasturia."

"Come proponi di avvertire la Cerchia, allora?"

"C'è un villaggio chiamato Tamshaft a due giri di clessidra da qui." Indicai verso nord. "Dopo aver portato mia nipote a casa, andrai nel villaggio e dirai agli abitanti che un demone mutaforma si aggira nella foresta. Esortali a limitare gli spostamenti e chiedi agli anziani di mandare un messaggero alla guarnigione dei custodi di Ellermore."

"E quale sarebbe il messaggio da inviare?"

Presi piuma, calamaio e una pergamena da un baule accanto al camino. Scrissi qualche frase, soffiai sull'inchiostro e diedi la pergamena a Knifold.

"Chi è questo sergente Mazel Dunkun?" chiese il guardaboschi mentre leggeva il messaggio.

"Un amico che mi ha salvato la vita più volte di quanto possa contare. È stanziato a Ellermore. Riferisci al messaggero di consegnargli la lettera di persona. Con un po' di fortuna arriverà lì al secondo sorgere del sole, e prima della fine di questa settimana avremo una squadra di cacciatori a setacciare il bosco con abbastanza uomini da..."

Qualcuno bussò alla porta. I nostri occhi saettarono verso l'entrata. Knifold strinse l'impugnatura del fucile e fece per alzarsi. Gli misi una mano sulla spalla e premetti un dito sulle labbra.

"Chi c'è là fuori?" chiesi.

"Sono io, madre."

Strinsi una mano a pugno e la poggiai sull'orecchio sinistro. Knifold annuì. Andò a piazzarsi sul lato sinistro della stanza, il fucile puntato verso la porta.

"Madre?" la voce di mia figlia era impaziente. "Mi senti?"

"Telia, ascoltami. Voglio che tu risponda a questa domanda: qual era il colore della fiamma l'ultima volta che abbiamo condiviso la tavola ad Adjhona?"

Seguì un lungo momento di silenzio. Poi mia figlia disse, "Che cosa?"

"Ho detto, di che colore era..."

"Sì. Ti ho sentita, madre. Per quale motivo mi stai chiedendo..."

"Per la bontà dell'Unica Madre, rispondi alla domanda!"

"Madre, non sono dell'umore giusto per uno dei tuoi indovinelli. Apri questa porta."

Con la coda dell'occhio vidi Knifold togliere la sicura dal suo fucile.

"Per lo spirito di tuo padre, Telia," dissi, facendo un passo verso l'entrata. "È importante! Rispondi alla domanda."

Il silenzio pesò come un macigno.

Sentii un sospiro di frustrazione, poi dei piedi che strusciavano su travi di legno.

"Era bianca come un fantasma," disse finalmente mia figlia, ogni parola satura di rabbia. "Contenta? Ora apri la porta."

Lanciai un'occhiata a Knifold. Il ragazzo abbassò l'arma.

Quando aprii la porta, una versione più giovane di me stessa mi fissò senza battere ciglio. I capelli lunghi erano raccolti in una treccia colore dell'onice, con sparute ciocche bianche. Gli occhi risplendevano del medesimo verde smeraldo dei miei.

"Che cosa significa tutto questo?" Telia sbirciò dentro casa. "Dov'è Blanchette?"

"Entra," le dissi, guardandomi intorno. Il sole era ancora alto nel cielo, ma un banco di nubi ne soffocava la lucentezza. "Dobbiamo parlare."

"Madre, non ho intenzione di spendere con te più tempo..."

"Ho detto, *entra*. Fuori non è sicuro."

Telia roteò gli occhi. "Madre, non dirmi che hai smesso di prendere le tue erbe."

"Erbe? Questo non ha niente a che vedere con i miei incubi, ragazza. Entra. Adesso!"

Mi feci da parte e tenni la porta aperta.

Con riluttanza, Telia entrò. Aggrottò la fronte quando vide il cacciatore.

"Telia, questo è Knifold, il guardaboschi che vigila la foresta. Knifold, questa è mia figlia Telia."

"Che la benedizione dell'Unica Madre risplenda su di te," Knifold si chinò leggermente.

"E su di te," rispose Telia. "Madre. Che cosa sta succedendo? Dov'è mia figlia?"

"Sta dormendo." Feci un cenno verso la cucina.

"Bene," Telia sospirò. "Cominciavo a preoccuparmi. Perché l'hai trattenuta così a lungo? Sai che non voglio che stia fuori di casa per più di qualche giro di clessidra." Mi passò accanto e si diresse verso la cucina.

"Non si sveglierà," le dissi.

Telia mi studiò, sorpresa. "Cosa?"

"Le ho dato la Benedizione del Domani. Dormirà per almeno qualche altra ora."

"Hai *drogato* mia figlia?"

"Per favore, siediti," le dissi, sentendo il peso degli anni sulle spalle. "C'è qualcosa che devi sapere."

2

LEGAMI DI SANGUE

Il volto di Telia rimase a lungo imperscrutabile. Era un brutto segno, lo sapevo. Peggio di quanto mi aspettassi.

Mi guardò come se stesse cercando di decidere se fossi pazza. "Non è possibile," disse alla fine, il tono secco come foglie d'autunno. "Non ci sono creature del genere a Evasturia. Voglio dire, un demone mutaforma? Non ho mai sentito parlare di qualcosa del genere. Siamo troppo lontani dalle cime oscure di Durungani. Non c'è niente di valore per i servi del Signore delle Ombre così a nord."

Telia aveva ragione. Le creature peggiori che Evasturia avesse mai visto erano termiti saltimbanche, e tutto ciò che quegli insetti attaccavano erano tronchi e travi di legno. Un demone mangiauomini in questa regione era improbabile quanto un cobra volante.

Premetti il palmo delle mani sul vecchio tavolo di quercia per celare il tremore e mi sforzai di mantenere un tono quieto. "Ti sbagli. Ci sono persone innocenti, Telia, isolate dalle grandi città. La guarnigione di custodi più vicina è a due giri di sole di distanza. Tamshaft e i paesi minori non sono nemmeno riportati sulla maggior parte delle mappe. Questi demoni non hanno avuto nessuno che li contrastasse da quando sono arrivati a Evasturia."

"Madre, stai parlando di questo demone come se lo avessi visto. Come fai a sapere che esiste per davvero?"

Adocchiai Knifold. Il cacciatore era rimasto in silenzio per l'intera durata del racconto. Fece un segno di assenso, e tornai a guardare mia figlia. "Perché è legato nella mia camera da letto."

Telia mi fissò allibita. "Che... che cosa?

Annuì verso Knifold. "Mostraglielo."

"Come desideri." Il custode si alzò e aprì la porta della camera da letto.

Telia sgranò gli occhi. "Per l'Albero Eterno! Cos'è quella *cosa?*"

"Rilassati," dissi. "È legato con una corda elfica. E gli abbiamo somministrato abbastanza sonnifero da mandare in letargo una montagna."

"Che cosa?" Telia aprì e chiuse la bocca. "Vuoi dire che è *vivo*?" Si alzò di scatto dalla sedia, facendola cadere con un tonfo, le mani irrigidite a pugno per soffocare l'urlo. "Che follia è questa? Cacciatore, perché non l'hai ucciso?"

"Perché sarebbe stata una scelta sbagliata," dissi prima che Knifold potesse rispondere. "Siediti. Sai solo una parte della storia."

"C'è dell'altro?

"C'è un altro demone qui a Evasturia," dissi. "Stiamo tenendo prigioniero il suo compagno in modo che i guardaboschi possano interrogarlo."

Telia studiò l'espressione del cacciatore come se cercasse una conferma a quello che avevo detto.

"So quello che faccio, Telia. Fidati di me."

"Fidarmi di te? Mia figlia è nella stanza accanto a quella dove dorme quella... *cosa*! Perché non l'hai mandata da me? Ti rendi conto del rischio che corre?"

"Cappuccetto Rosso, è troppo debole per viaggiare."

"Non chiamarla in quel modo! Non è quello il suo nome."

"Va bene," dissi, mantenendo un tono quieto per cercare di non agitarla ulteriormente. "*Blanchette* ha esaurito tutte le forze. È debole. Non è saggio farla sforzare."

"Debole? Che sciocchezze dici? Le nostre case sono a meno di un giro di clessidra di distanza."

"Ascolta. È successo qualcosa a me e a Blanchette al levarsi del sole."

Telia smise di respirare. "Che cosa è successo?"

Quello era il momento che avevo temuto, ma non potevo rimandarlo per sempre.

Le dissi tutto. Le raccontai del trucco che il demone lupo aveva usato per far tardare Blanchette in modo da potermi divorare prima che lei giungesse da me. Le raccontai del tempo trascorso nello stomaco del mostro, lottando per sopravvivere. Tenni per me i dettagli più raccapriccianti. Quando finii di parlare, il viso di Telia era bianco, la postura rigida e gli occhi vitrei.

"Non può essere," esalò, afferrando i braccioli della sedia. "La mia... la mia povera bambina."

"Se Knifold non ci avesse salvate, non sarei qui a parlarti. Gli dobbiamo la vita. Telia?" Le toccai una mano. "Stai..."

Mia figlia si ritrasse. "Mauren aveva ragione." I suoi occhi mostravano un preludio di lacrime. "L'oscurità si sta diffondendo. Nemmeno le province del nord sono al sicuro."

Era raro che Telia nominasse il suo sposo. Mi fece capire quanto fosse scossa.

"Ascoltami. Ci sono molte cose che non..."

"No." Si alzò di scatto. "Devo riportare Blanchette a casa." Fece per andarsene ma le afferrai il braccio.

"Lasciami andare!"

"È debole," insistetti, trattenendola. "Ha bisogno di riposare."

"Non dirmi di cosa ha bisogno mia figlia! È colpa tua se si trova in questa situazione."

"Knifold, vorresti lasciarci sole per un momento?"

Il giovane guardaboschi prese il fucile e nonostante cercò di nasconderlo, colsi il respiro di sollievo per non dovere assistere alla scena.

Mi girai verso Telia. "So che è difficile da credere, ma il peggio è passato. Fidati. Posso aiutare i custodi a disfarsi dell'altro demone."

"*Tu* puoi aiutarli?" Telia riuscì a liberarsi dalla mia presa. "Per la Benedizione della Luce, madre. Hai sessantacinque primavere! Riesci a malapena a camminare."

"Il mio giuramento non invecchia, Telia, e nemmeno la mia fedeltà al Sacro Tetto di Quercia e alla Pietra di Mezzanotte."

"Tu e i tuoi giuramenti! Pensavo avessimo risolto questa faccenda. Al ritorno dalla tua ultima *avventura* hai promesso che non ci sarebbero stati più pericoli. L'hai giurato sulla culla di Blanchette."

"È vero, e ho mantenuto la promessa. Ho seppellito la mia ascia, ho appeso il cappuccio nell'armadio. Per quasi dieci giri di stagioni sono rimasta con le mani in mano, onorando la mia parola. Ma non permetterò che l'oscurità minacci ciò che mi è caro nella mia stessa casa."

"Perché non gli lasci fare il suo lavoro?" Telia gettò un'occhiata sulla sedia dove fino a un attimo prima era seduto Knifold. "Quel cacciatore è nel fiore degli anni, è forte e soprattutto ha un'arma."

Sorrisi amaramente. "Tutte cose che sei convinta io non possieda più, non è vero?"

"Non è quello che intendevo."

"Ti sei fermata a guardarlo? Mhmm? Knifold è un ragazzo. La Cerchia lo ha mandato a Evasturia perché non succede mai niente. C'è un demone mutaforma in agguato nel bosco. Non capisci? Non è pronto ad affrontarlo."

"Allora dovrebbe informare la Cerchia. Che mandino guerrieri esperti per proteggerci!"

"E lo farà. Ma quando i custodi arriveranno sarà passato del tempo, e avranno bisogno di informazioni utili il prima possibile. Capisci adesso perché c'è un demone che dorme nella mia camera da letto?"

Telia scosse la testa. "Non vedevi l'ora che ti capitasse una cosa del genere, non è vero? Sei nel tuo elemento. Finalmente un'occasione per vivere un po' della gloria passata. Madre, tu vuoi essere coinvolta. Hai *bisogno* di essere coinvolta."

"Telia, non lasciare che l'odio offuschi il tuo giudizio. Non capisci perché..."

"No, madre. Sei tu che non capisci." Mi voltò le spalle.

"Mauren aveva ragione. Sceglieresti la tua stramaledetta ascia piuttosto che la famiglia. Pensavo che fossi cambiata. Avrei dovuto capire che sei rimasta la stessa donna egoista che ha lasciato morire il suo sposo."

"Telia..."

"Non voglio più discutere. Porto via Blanchette. Adesso!" Mi accasciai sulla sedia. Non avevo più la forza di fermarla.

"Stai bene, mia Signora?" Knifold tornò a sedere al mio fianco. "Vuoi che le parli?"

"Lascia stare." Le mani mi scivolarono in grembo. "Ascolta. Ho bisogno che le scorti a casa."

"Sarà fatto."

"Porta il tuo cavallo. Ti aiuterà ad accelerare il viaggio verso Tamshaft. A quel punto, sai che cosa fare."

Il guardaboschi rimase in silenzio per qualche istante, assorto nei suoi pensieri. Alla fine, non senza esitazione, mi guardò, "E tu che cosa farai?"

Lanciai uno sguardo verso la finestra. "Devo dissotterrare il mio passato."

3

LA SIGNORA DELL'ASCIA

"Nonna, non voglio lasciarti!"

Blanchette mi stava tenendo la mano come se avesse paura che potessi cadere da un momento all'altro.

"Andrà tutto bene, bambina mia." Le diedi un bacio sulla guancia mentre una folata di vento le scompigliava I capelli. Il profumo di gelsomini era forte nell'aria. "Stai vicina a tua madre e non ti accadrà nulla di male. Te lo prometto."

"Non è di me che mi preoccupo." I suoi occhi erano stretti come fessure. "E se un altro mostro venisse a cercarti? Sarai sola, vulnerabile e... e..." Lasciò la frase a metà, poi scosse la testa e non disse altro.

Sospirai. Il rimedio che le avevo dato non aveva fatto effetto. Blanchette ricordava tutto quello che era successo.

"Non mi accadrà nulla," le dissi cercando di apparire sicura. "Guarda, ho qualcosa per te." Le diedi una piccola fiala con un liquido color ambra.

"Che cos'è?" La bambina esaminò la piccola ampolla.

"Si chiama Aqualuma. È la pozione corrosiva più potente che possiedo. Non è dannosa per gli esseri umani, ma se una goccia di questo intruglio toccasse una creatura delle tenebre, avrebbe lo stesso effetto della lava. Tienila sempre con te. Sarà il tuo guardiano."

"Penso che tu ne abbia più bisogno di me, nonna."

"No. Ora sai che non sono un'innocua vecchietta. Se posso avere a che fare con draghi, posso avere a che fare con demoni, non credi? Adesso vieni qui, e abbracciami."

Telia ci stava osservando da sotto le fronde di un quercia, le braccia strette al petto. "È ora di andare, Blanchette. Presto sarà buio."

"Madre, perché la nonna non può venire con noi?"

Telia fece per rispondere, ma fui più veloce. "Perché ho delle cose da fare, bambina mia."

"Che cosa devi fare?"

Diedi un'occhiata al giardino di fronte alla mia casa, e poi alla porta d'ingresso, dietro la quale mi aspettava un demone addormentato.

"Tua madre ha ragione," dissi, evitando di rispondere alla domanda. "Si sta facendo buio. È ora che andiate."

Diressi lo sguardo verso Knifold. Le sue mani guantate tenevano le redini del cavallo. "Andiamo," disse.

"Ricorda quello che ti ho detto," dissi, i miei occhi fissi su Telia.

Mia figlia accennò un segno d'assenso portando una mano al petto. L'anello di topazio che poco prima le avevo affidato si nascondeva lì, in un taschino interno. Sapevo che stava ripensando alla conversazione che avevamo avuto poco prima che svegliasse la bambina.

"Assicurati che sia vicino alla porta principale," le avevo suggerito.

"Che cos'è?" Telia aveva guardato il talismano con sospetto.

"È una protezione contro le forze del male. Mi è stata affidata da un arconte degli gnomi che avevo..."

"Non m'interessa chi te l'ha data. Sai che non credo ai tuoi gingilli luccicanti."

"Allora non farà alcuna differenza se lo usi, giusto?" Le avevo messo il talismano in mano nonostante le sue proteste. "Te ne prego. Vi terrà al sicuro."

"Madre, sei certa che i tuoi intrugli non ti stiano facendo perdere la ragione?"

"Sto bene."

"Davvero? Se la metà di quello che mi hai detto è vero, non dovresti stare affatto bene."

"Non devi preoccuparti. Pensa a proteggere Blanchette."

Telia aveva distolto lo sguardo. Per un minuto c'era stato un silenzio teso, poi era tornata a guardarmi con un'espressione illeggibile. "Lo sogni ancora?"

Quella domanda giunse inaspettata. Sapevo che Telia si stava riferendo a suo padre. Lasciai che un altro lungo intervallo di silenzio s'insinuasse nella conversazione.

"C'era da immaginarselo." Telia aveva messo l'anello nel taschino. "Raddoppia la dose, madre. E se fossi in te, taglierei la gola a quel demone finché sei in tempo."

Le sue parole risuonarono come il rintocco di una campana da funerale.

Ma non avevo tempo per indugiare sul passato.

Guardai Knifold, Telia e Blanchette uscire dalla

radura e perdersi nella foresta. Il giovane custode non sarebbe tornato prima del pomeriggio. Gli avevo fatto giurare sull'Unica Madre che non sarebbe andato a caccia del demone da solo. Il guardaboschi aveva accettato, vincolando il suo onore alla promessa. Una cosa in meno di cui preoccuparmi.

Ora non restava che attuare il mio piano.

Avevo dubbi sulle decisioni prese fino a quel momento: lasciare vivere il demone, raccontare a Telia quello che era successo, mandare Knifold ad avvertire gli abitanti di Tamshaft. Avevo fatto le scelte giuste? Quella domanda mi perseguitava.

Il vento s'insinuò fischiando tra i rami delle querce e mi sembrò di sentire parole familiari.

"*Tavana, Guardiana Incappucciata di tutte le foreste e Signora dell'Ascia; ricordati chi sei.*"

"Sto facendo del mio meglio," risposi esausta. Fui scossa da un conato di vomito. Respirai profondamente, combattendo il senso di nausea.

Non c'era tempo per i rimpianti.

Nelle vicinanze del grande pozzo ritrovai le pietre squadrate che avevo posto tanto tempo addietro. Presi una pala e iniziai a scavare.

Quando colpii qualcosa di solido, gettai l'attrezzo a terra e usai le mani per portare alla luce l'oggetto che avevo seppellito due lustri or sono.

Si trattava di un forziere in quercia meriadok. Era stato sigillato con un incantesimo di conservazione. Solo la mia mano poteva aprirlo.

Alzai il braccio e il coperchio si aprì, rivelando l'interno.

Rivedere la collezione di pergamene con mappe di ogni foresta, deserto e isola che avevo attraversato negli anni, assieme a un mucchio di lettere legate con un paio di stringhe mi fece sorridere. Esaminai le missive. Alcune riportavano la mia grafia, stretta e formale, mentre altre erano scritte da una mano più pesante, ogni parola densa di inchiostro, come se fosse stata impressa con uno stampo. Il mio sposo non era mai stato abile a scrivere. Trattava le lettere come se fossero rune. Quando giunsi all'ultima corrispondenza mi fermai a leggere il messaggio. *"Al mio desiderio che si è avverato."* Intascai la lettera con mani tremanti. Sotto le pergamene trovai un piccolo sacchetto che conteneva una dozzina di fiale. Ne presi una con un liquido color zafferano e bevvi il contenuto. La polvere di galvania che rendeva la pozione così preziosa fece effetto quasi subito. Sentii un'ondata di calore inondare il mio stomaco, il sudore cominciò a raccogliersi sui palmi delle mani e sulla fronte. Tutti i miei dolori, acciacchi, perfino la mia stanchezza, scomparvero in pochi istanti. Chiusi i pugni fino a sentire le unghie conficcarsi nei palmi, un movimento che l'artrite aveva reso impossibile. Chinai la schiena e potei quasi toccarmi i piedi. Ogni indolenzimento, tensione e disagio era stato espulso dal mio corpo come un esorcismo.

La pozione era conosciuta come il 'Rimedio del Folle', e per una buona ragione. Il sollievo non sarebbe durato. La galvania era un elemento raro venduto dagli gnomi. Le truppe da combattimento e i mercenari la usavano per eliminare temporaneamente gli effetti della stanchezza e per rimanere vigili.

Esaminai il resto delle fiale. Avevo sperato di trovare

un siero della verità tra le pozioni, ma la memoria mi aveva giocato un brutto scherzo.

Continuai a rovistare finché non trovai un altro sacco. All'interno c'erano rubini, ametiste, perle e abbastanza oro da comprare un cottage due volte più grande di quello che possedevo. Erano i risparmi di una vita, e avevo intenzione di darli a Telia quando fosse giunto il momento giusto. Non era molto, ma sarebbe stato sufficiente a garantire a mia figlia una vita agiata e avrebbe dato a Blanchette un'istruzione adeguata in una delle grandi città del nord.

Continuai a frugare nel sacco e trovai due pietre azzurre quasi identiche, grandi quanto ciottoli. Ne tenni una in mano, l'altra la lanciai a diversi passi di distanza. Quando strofinai la pietra contro la superficie ruvida del pozzo, delle scintille d'argento esplosero dalla pietra gemella a qualche passo di distanza. Sospirai, soddisfatta che le pietre funzionassero ancora. Trovai l'ultimo oggetto di cui avevo bisogno avvolto in un lungo mantello di seta.

Esitai. Sentii il sangue pulsare nelle tempie mentre rimuovevo la stoffa, rivelando un'ascia che brillava di luce blu zaffiro. Quando le dita si chiusero attorno all'impugnatura, si sentirono a casa. Lasciai che la luce del giorno battezzasse la mia compagna. Pesava il doppio di quanto ricordassi.

"Rallegrati, Sappheria," dissi, il pollice che sfiorava il bordo della lama. "Non mi sono dimenticata di te."

Immaginai nemici tutt'attorno mentre muovevo Sappheria per abituarmi al suo peso. Anche con l'aiuto della galvania mi ritrovai senza fiato dopo pochi istanti.

"Beh," dissi ansimando. "C'è stato un tempo in cui eri leggera quanto un mazzo di fiori. L'età ha reso il mio braccio indegno di te, Sappheria, ma non ti tratterò più come una reliquia maledetta. Io sono parte di te, e tu sei parte di me."

Chiusi il forziere e lo ricoprii di terra.

Quando rientrai a casa fui accolta dal russare del demone. Posai Sappheria sul tavolo e mi diressi verso l'unico mobile in cucina. All'interno c'era una piccola scatola di bronzo che conteneva una pinza, un astuccio di sutura e un coltello lungo e affilato. Presi gli strumenti ed entrai in camera da letto. Il petto del demone, come un mantice, si alzava e abbassava.

Estrassi il coltello dalla scatola e fissai la lama. Mi chiesi quanti innocenti avessero sofferto una morte lenta e dolorosa per causa sua. Mi tornarono in mente le parole di Telia. *"Se fossi in te, taglierei la gola a quel demone finché sei in tempo."*

No. Quello era il modo veloce di affrontare il problema.

Studiai la ferita sullo stomaco del lupo. Il taglio continuava a rimpicciolirsi.

"Come ci si sente," dissi, la mia voce un sibilo quasi inaudibile, "ad essere *tu* quello che non può fare a meno di dormire?"

Mossi il coltello con un veloce gesto della mano e riaprii la ferita sul suo ventre. Subito dopo gli premetti il coltello sul collo. Non successe nulla. Il demone continuò a russare.

Pescai una delle pietre azzurre dalla tasca e la spinsi all'interno della ferita, poi ricucii il taglio. Mi sentivo euforica. La pozione di galvania mi aveva permesso di portare a termine un'operazione che le mani ormai tremanti avrebbero reso impossibile. Avevo di nuovo la fiducia di potere compiere quella missione. Ero tornata ad essere la Signora dell'Ascia.

4

LA CICATRICE DELL'ANIMA

Uscii dalla camera e lavai le mani dal sangue del demone. Guardai fuori dalla finestra. Il sole aveva percorso gran parte della sua parabola discendente. Knifold non sarebbe tornato prima del tardo pomeriggio. Questo mi lasciava ancora tempo.

Non avevo fame, ma sapevo che dovevo mangiare per mantenermi in forze. Presi dalla dispensa pane secco e pesce essiccato.

Mentre mangiavo lanciai uno sguardo alla sedia che mi stava di fronte, dove Blanchette aveva dormito. La mia determinazione non si era affievolita. Non c'era niente che non avrei fatto per tenerla al sicuro. Nonostante ciò Telia continuava a serbare rancore nei miei confronti.

Una tempesta di emozioni mi colse in modo inaspettato. Fui a malapena in grado di premere le mani sul tavolo per fermare il loro tremore improvviso.

Le parole di Telia mi tornarono alla mente con la forza di una valanga.

Madre, tu vuoi essere coinvolta. Hai bisogno di essere coinvolta.

Aveva ragione? Avevo agito per un interesse egoistico, perché volevo provare la gloria a cui ero abituata quando indossavo il mio cappuccio incantato, agitando la mia ascia a destra e a manca e lasciando che il mondo cantasse canzoni su di me?

Cercai nel mio cuore qualcosa che mi avrebbe potuto tradire, svelando la vera motivazione dietro le mie azioni.

"No," dissi, conscia della verità. "Non lo sto facendo per me. Lo sto facendo perché è la cosa giusta da fare."

Pronunciare quell'affermazione ad alta voce ebbe un effetto calmante, e sentii il mio respiro rallentare.

Quando finii di pulire i piatti, asciugai le mani su un pezzo di stoffa che mi pendeva dalla cintura, e le dita sfiorarono la lettera che avevo recuperato dal forziere.

Quando la presi in mano, mi sembrò più pesante di Sappheria. Conoscevo a memoria le parole che il mio sposo aveva scritto, nonostante una parte di me avrebbe fatto di tutto per dimenticare.

Rivissi il ricordo con una chiarezza tale che sembrò una punizione divina.

Quando il messaggero della Cerchia aveva bussato alla porta di casa ero tornata dall'ultima missione da meno di un giro di luna.

Lorion, il mio sposo, si era sentito male negli ultimi giorni a causa della puntura di una vespa a sonagli, e aveva passato la maggior parte del tempo a letto con la febbre. Il suo corpo aveva reagito in modo insolito al veleno dell'insetto e per questo motivo avevo creato un antidoto. Visto che Lorion aveva iniziato a sentirsi meglio, avevo accettato la nuova missione.

Un elfo oscuro stava tenendo in ostaggio un consiglio di fate vicino al lago Suntax, nella provincia di Impala. Ero la guardaboschi più vicina a quella zona. La Cerchia voleva che partissi il prima possibile.

Telia non fu affatto contenta della mia decisione.

"Che razza di consorte farebbe una cosa del genere?" Era solo una giovinetta, ma la sua voce era affilata come una spada a doppio taglio. "Ha bisogno di te, madre. Come fai a non capirlo?"

"Mia Signora." Il messaggero era irrequieto. "Dobbiamo andare."

Lo ignorai. "Telia, ascoltami. Tornerò tra qualche giorno."

"Potrebbe essere morto tra qualche giorno!"

Guardai verso la camera da letto. "Ti prometto che starà bene. L'antidoto sta combattendo il veleno. Mi aspetto che si riprenda in un paio di giorni."

"Non puoi saperlo con certezza. E se non funziona? Non so nulla di veleni. Non sarei in grado di aiutarlo."

"Fidati di me. Starà bene."

"Madre, lo sai quanti giri di sole sei stata via la stagione passata?"

"Telia, che cosa c'entra questo con..."

"Lo sai?"

"No," dissi. "Non ho tenuto il conto."

"Cinquantotto giri di sole. *Cinquantotto*. A volte mi chiedo se ti ricordi ancora i nostri nomi."

"Te ne prego, aspetta fuori," dissi al messaggero.

"Come desiderate."

"Telia, stammi a sentire. La Cerchia mi ha convocata con urgenza. Ci sono persone che fanno affidamento su di me."

"Non puoi dire loro che devi prenderti cura del tuo sposo?" Telia aveva lanciato un'occhiata oltre la finestra. "Potresti per una volta almeno *fingere* che siamo più importanti di una frase scritta su un pezzo di carta."

Tu sei importante. Quelle parole erano sulle mie labbra, ma non le pronunciai.

"Telia."

Sentimmo la porta della camera da letto aprirsi e ci girammo. Lorion si reggeva in piedi con un bastone.

"Padre, cosa fai in piedi? Sai che devi riposare."

"Sono stanco di guardare il soffitto. E poi sto bene."

"Ma non puoi..."

"I 'ma' non mi sono mai piaciuti, principessina del paese delle fate." Lorion le sorrise. "Davvero. Mi sento meglio." Coprì la distanza che lo separava da Telia e le strinse il naso tra le dita. "Non ho alcuna intenzione di morire."

"Ma... solo ieri non riuscivi a respirare e..."

"E oggi sono in piedi e ti sorrido. Visto? Sto migliorando."

Telia non sembrava convinta.

"Sto bene," insistette Lorion. "Davvero. L'antidoto sta funzionando."

Telia lo fissò con la fronte aggrottata, come se stesse discutendo con una pietra. Alzò le mani al soffitto. "Non importa a nessuno quello che dico?"

"Ogni parola che dici è importante, figlia mia. Mi daresti un momento con tua madre?"

"Ha preso tutto da te," disse Lorion osservandola andare via.

"Stai davvero bene?" Gli accarezzai il volto. "Tua figlia ha ragione, dovresti tornare a letto a riposare."

"Riposare? Dovrei stare lì fuori a tagliare tronchi. Sto bene, te l'ho detto. Quando tornerai, sarò in grado di camminare sulle mani."

Lanciai un'occhiata alla camera di Telia. "Pensa che non m'importi niente di voi. Mi odia."

"Ha quattordici giri di stagioni, Tavana. Come te la cavavi tu a quell'età? La verità è che si preoccupa per te."

"Per *me*!?"

"Sì, e quell'atteggiamento aggressivo è il suo modo di dimostrarlo."

"Beh, ha ragione. Non sono la madre che avrebbe voluto."

"Ogni persona ha un ruolo in questo mondo. Tu non sei una donna qualunque, Tavana, figlia di Kalla. È per questo motivo che ho chiesto a un druido di legarci le mani con il salice della consacrazione. Se avessi voluto una donna che si accontentava di cucinare e rammendare vestiti, non ti avrei presa in sposa. Sono orgoglioso di quello che fai per il regno, sono orgoglioso di chi sei. Non dovresti sentirti dispiaciuta per rendere il mondo un posto migliore ogni volta che esci da questa casa." Il castano dei suoi occhi sembrò illuminarsi per un momento, assieme al lieve accenno di capelli grigi intorno alle tempie. Stavo per aggiungere qualcos'altro, quando Lorion mi baciò.

"Non prendere freddo," mi disse sorridendo. "Cappuccio incantato o no, è il cuore dell'inverno. Non vogliamo che la Signora dell'Ascia starnutisca come un cammello di laguna quando torna, non è vero?" Mi afferrò il naso, proprio come aveva fatto con Telia.

Risi allegramente. "Farò del mio meglio."

Telia non venne a salutarmi.

La missione mi tenne lontana per tre lune, al termine delle quali riuscii a salvare da morte certa tredici fate, evitando disordini politici che avrebbero gettato nel caos la provincia di Impala.

Non ricordo i nomi di quelle fate, né i loro volti. Avevo semplicemente fatto il mio dovere.

Quando tornai, Lorion era morto da due giri di sole.

Ricordo ancora il momento in cui Telia mi diede la notizia. Fu come se la terra mi avesse inghiottita.

Poche giri di clessidra dopo la mia partenza, il suo corpo aveva sviluppato una reazione al rimedio che gli avevo dato.

Non era stata la puntura dell'insetto a ucciderlo. Ero stata io.

Telia mi gettò una pergamena stropicciata senza la minima espressione in volto. Era come se un fantasma stesse parlando con un'ombra. "Ti ha voluto lasciare un messaggio," disse, i suoi occhi rossi e gonfi.

Non cercai di fermarla quando prese le sue cose e se ne andò da casa. Che cosa potevo dirle? Aveva avuto ragione, ed era stato Lorion a pagare.

Da quel momento il rancore di Telia non fece che crescere, alimentato da una rabbia che le parole non potevano esprimere. Non l'ho mai biasimata. Era per questo motivo che mandava Blanchette quando doveva consegnarmi qualcosa, pur di non vedermi.

Meritavo il suo odio.

Sbattei le palpebre mentre il ricordo sbiadiva, diventando rimpianto e dolore. I battiti del mio cuore accelerarono. Aprii il pezzo di carta e fissai il messaggio.

Le parole di Lorion erano poco più che abbozzate.

Non farmi diventare il tuo rimpianto, Tavana. Ti ho sempre amato e ti amerò sempre. Ti terrò un posto accanto a me vicino all'Albero Eterno.

Posai la lettera sul tavolo, chiusi gli occhi e fissai l'immagine del mio passato impressa nella memoria. Vidi il volto di Lorion con la stessa chiarezza dell'ultima volta che ci eravamo baciati. Il suo viso era bello, la sua mascella squadrata e i suoi occhi castani. Avvertii le sue dita che si chiudevano attorno al mio naso e sentii la sua risata cristallina come se fosse accanto a me, a prendersi gioco della mia serietà.

Non combattei le lacrime quando arrivarono.

5

LA PAROLA DI UN DEMONE

"Mia Signora?"

Mi svegliai di soprassalto. Knifold mi stava guardando, il suo fucile assicurato a una cintura dietro la schiena. Sembrava preoccupato.

"Ti senti bene?" mi chiese.

"Cosa? Sì. Sto bene. Devo essermi addormentata." Solo allora mi resi conto che le mie guance erano ancora bagnate. Mi asciugai le lacrime con il dorso della mano e mi schiarii la gola. "Come sta la mia famiglia?"

"Al sicuro. Mi sono accertato che Telia mettesse il talismano a protezione della casa."

"E la gente del villaggio?"

"Li ho avvertiti del demone."

"Bene." Guardai fuori dalla finestra. Il cielo era del colore del mandarino. Doveva mancare ormai poco al tramonto. "Che cosa dice la gente del villaggio?"

La faccia di Knifold si rabbuiò.

"Allora?" lo incalzai.

Il ragazzo evitò il mio sguardo. "Sono scomparse undici persone dall'altro ieri."

"*Undici*? Qualcuno ha visto un lupo?"

"Diversi boscaioli hanno intravisto una grossa bestia sul limitare della foresta. Nessuno è riuscito a vederla chiaramente. Tuttavia loro... loro dicono che sembrasse più grosso di un cavallo. Cosa pensi che significhi?"

Scossi la testa. "Potrebbe voler dire molte cose. Forse l'altro demone ha una forma diversa." Riflettei sulle parole di Knifold. "Undici persone sono davvero tante. La notizia che porti da Tamshaft è la conferma che la creatura è ancora là fuori, e che sta continuando ad uccidere."

"C'è di peggio. Gli abitanti del villaggio mi hanno riferito che sono scomparsi dei bambini."

Quel poco che restava della mia sonnolenza era sparita. "Pensi che il mostro abbia mangiato anche loro?" gli chiesi.

"Lo pensavo anch'io all'inizio. I genitori con cui ho parlato... beh, la maggior parte erano troppo sconvolti per rispondere alle mie domande. Ma alcuni hanno raccontato che sentono le voci di bambini nella foresta. Hanno intravisto sagome che corrono tra gli alberi. Non so cosa significhi, ma non credo che i bambini abbiano ricevuto l'abbraccio dell'Unica Madre. Penso che il demone abbia qualcosa a che fare anche con questo."

"Che mi dici dell'avvertimento per il sergente Dunkun?" chiesi. "Hanno mandato un messaggero?"

"Sì, hanno scelto un uomo che serviva nella brigata di un signorotto. Possedeva un cavallo e sapeva come spostarsi nella valle. Con un po' di fortuna, arriverà a Ellermore al secondo sorgere del sole."

Non era abbastanza veloce. Iniziai a camminare davanti al focolare. "Se il demone continua a uccidere, moriranno almeno un'altra dozzina di persone prima dell'arrivo dei custodi. Quello che hai detto sui bambini mi turba particolarmente." Mi fermai di colpo. Il giovane guardaboschi era in attesa che continuassi. "Non possiamo aspettare i fratelli della foresta, Knifold. Dobbiamo agire adesso."

"Cos'hai in mente, mia Signora?"

"Dobbiamo raccogliere informazioni." Feci un cenno verso la porta chiusa. "Dobbiamo trovare l'altro demone. Siamo gli unici a poter contrastare la creatura."

"Mia Signora, il mio rispetto per te è grande, ma interrogare da soli quel demone potrebbe essere al di là delle nostre forze..."

"Non vedo alternative. Hai mai ragionato con un demone?"

"Io?" L'espressione di Knifold si fece tesa. "Ho parlato con un Kurati durante l'addestramento a Gikasa."

"I Kurati sono creature evolute, l'eco perduta di un servo di Durungani. Hanno abbandonato il richiamo del signore oscuro da un millennio e ora condividono con noi la luce. No, intendo dire un demone con il sangue negli occhi, che si ciba di carne umana."

Le guance di Knifold si tinsero di rosso. "No," ammise. "Non ho mai parlato con un essere simile."

"Ci sono diversi tipi di demoni, e temo che quello che dorme nella mia camera abbia un'intelligenza molto vivida. Un demone mutaforma è qualcosa che non ho mai visto. Dobbiamo agire con cautela."

"Che cosa hai in mente?"

"Dovremo inscenare una farsa."

"Una farsa?"

"Sì, è importante che pensi che sia tu al comando. Gli porrai delle domande qualsiasi. Ciò che conta è che tu lo faccia parlare."

"E tu che cosa farai?"

"Mi siederò dietro di te," dissi, "e farò del mio meglio per studiare le sue reazioni."

Knifold aggrottò le sopracciglia. "Non capisco."

"Abbi fede. Saprò cosa fare una volta che avrà iniziato a parlare."

Knifold annuì senza convinzione.

Non era il solo. Conversare con un demone non è un compito da prendere alla leggera. Avevo interrogato molti prigionieri nei sotterranei di Zoashan e nelle torri della fortezza di Korindara. La maggior parte delle volte mi era parso di giocare a una partita di scacchi. Ero insicura, ma non potevo lasciar trasparire la mia esitazione.

"Andiamo." Una volta nella stanza chiusi le persiane e sistemai due sedie ai lati del letto. "Sei pronto?"

"Pronto, mia Signora."

Estrassi dalla tasca una fiala che conteneva polvere di gelsomino, scorza di agrumi e il chiaro di luna delle fate. Aprii l'ampolla e la posi sotto il naso del prigioniero. Contai tra me e me fino a dieci quando il demone iniziò a muoversi, e le sue palpebre vibrarono.

"È tutto tuo," mormorai a Knifold.

Andai a sedermi nell'angolo più distante della stanza.

Ci volle qualche momento prima che la creatura tornasse in sé. Quando aprì gli occhi, annusò l'aria e ruotò il muso, valutando l'ambiente circostante. Nel momento in cui cercò di alzarsi, e scoprì che era legato, iniziò a ringhiare.

"Sei mio prigioniero, creatura delle tenebre," disse Knifold. "Non puoi fuggire."

Il lupo tentò di avventarsi con tutto il peso contro il ragazzo, ma la corda resse. Latrò, girandosi e strattonando le corde. Quando capì che non poteva romperle, il suo pelo si abbassò, smise di dimenarsi e si volse verso Knifold. Studiò il fucile del cacciatore, poi indugiò lo sguardo sugli orecchini verdi. Alla fine i suoi occhi trovarono i miei. Colsi un barlume di sorpresa sul suo volto, ma fu molto abile nel celarlo.

Annusò l'aria, come se fosse in cerca di qualcosa. Poi, con tono beffardo si voltò verso il guardaboschi. "Divertente," disse. "Questo non ha l'odore di un sogno." Lo sguardo mobile, fissava a turno diversi particolari della camera: i mobili, la finestra, il letto su cui era tenuto prigioniero. "Eppure, sono davvero legato al letto di questa donna da una corda che puzza di elfi." Mi studiò, mostrando le zanne affilate. "Sono sorpreso. Dovresti essere materia digerita dentro il mio stomaco. Come hai fatto a liberarti?"

Sfuggii il suo sguardo, le mani tremanti sul grembo.

"Sono io che faccio le domande, servo di Durungani," sbottò Knifold.

Il sorriso del demone si allargò ulteriormente. "Servo di Durungani? Mi insulti, cacciatore. Guardami con attenzione. Non ho niente da spartire con i vermi che si nascondono nell'oscurità. Io *sono* l'oscurità."

"Voglio sapere chi hai ucciso da quando sei arrivato a Evasturia. Ogni donna, uomo e bambino."

Gli occhi del prigioniero si ridussero a fessure. "Quanti anni hai, ragazzo? Il tuo alito puzza di latte. Bevi ancora dal seno di tua madre?"

"Rispondi alla mia domanda. Quante persone hai ucciso?"

"Quante?" Il demone scrollò le spalle. "Non conto i miei pasti. Mangio quando ho fame e dormo quando ho sonno."

"Dimmi quello che voglio sapere."

"Presti forse attenzione alle formiche che calpesti mentre cammini? Lo stesso vale per me. Penso solo alla carne, e al delizioso midollo dentro le ossa."

"Ti strapperò la verità da quella bocca blasfema, creatura della notte, con le buone o con..."

"Hai un fratello o una sorella?"

"Cosa?"

"È una domanda semplice. Hai un fratello o una sorella?"

Knifold, a cavalcioni sulla sedia con le braccia poggiate sullo schienale, sbattè le palpebre alla parola 'sorella'.

"Aaah, una sorella." Il lupo schioccò le labbra. "L'odore svela più delle parole, soprattutto quando c'è di mezzo il sangue."

Knifold si alzò di scatto. "Il mio odore dovrebbe essere l'ultima delle tue preoccupazioni. Sei legato e in mio potere. Non vedi?"

"Oh, sono legato, questo te lo concedo. Ma sono davvero in tuo potere? Ne dubito. Sai perché dovresti preoccuparti di più del tuo odore?"

"Non m'interessa..."

"Semplice: perché ora che lo conosco, posso trovare la tua famiglia ovunque si trovi. Che cosa credi che..."

Knifold sbatté il calcio del fucile sulla mascella del lupo. "Un'altra parola, e lo assaggerai di nuovo."

La creatura emise un suono a metà tra un latrato e una risata. "Oh, devo aver toccato un nervo scoperto."

"Se hai finito di blaterare..."

"Stai facendo un grosso errore, cacciatore. Pensi che le mie minacce siano vuote come la borsa di un medicante. Lascia che ti mostri perché ti sbagli." I suoi occhi indugiarono sulle braccia di Knifold. "La tua pelle mi parla della terra dell'ovest: il regno di Kutrasha, o forse la città-stato di Altasa. Alla tua gente non piace mischiarsi con i pellechiara. Tenete molto alle vostre tradizioni. E quegli orecchini... Ah, sì. Mi raccontano un'altra parte della storia. Orecchini di Verde Vero vengono indossati solo dalla gente di Lamoria. Ora, in una giornata senza vento posso sentire l'odore di una persona a una lega di distanza. Quanto tempo pensi che mi ci vorrà per trovare la tua famiglia nella pianura rocciosa? Mhmm? Un giro di luna? Forse due, se me la prendo con comodo."

Knifold tacque, ma lo sguardo ne tradiva lo stato d'animo: il demone non era andato lontano dal vero.

"E ora viene il bello. Quando troverò i tuoi cari, non li ucciderò immediatamente. Prima farò supplicare I tuoi genitori. E tua sorella... beh, ho bisogno di divertirmi anche io, e non ho mai assaporato il sangue di una giovane lamoriana..."

Knifold puntò il fucile contro la creatura.

"Mettilo giù."

Il cacciatore si girò verso di me. "Mia Signora. Questo mostro..."

"Ho detto, *mettilo* giù."

Il giovane abbassò lentamente il fucile.

"Ora siediti," dissi.

Knifold rimase a lungo a fissare il demone, la mascella serrata e gli occhi sgranati, ma alla fine si sedette.

"Stupefacente." Il demone si leccò i baffi, un'espressione sorniona sul muso. "Un guardaboschi che prende ordini da una vecchia. Il mondo deve essere impazzito mentre stavo dormendo."

Portai la sedia vicino al letto. "Il mio nome è Tavana, figlia di Kalla."

"Non parlo con i miei pasti prima di divorarli, ma credo che oggi farò un'eccezione per te. Voi gente del nord vi stringete la mano quando vi salutate." Addentò la corda che gli impediva di squarciarmi la gola.

"Sarà sufficiente che tu mi dica il tuo nome."

Gli avevo annunciato il mio senza esitazione, dimostrando che non lo temevo. Lui poteva fare lo stesso, oppure poteva mentirmi o rimanere in silenzio. In ogni caso, avrei capito qualcosa su di lui.

"Non ho un nome che la tua lingua possa pronunciare," disse la creatura, le sue parole lente e misurate. "Tuttavia, ho sempre pensato a me stesso come a un frammento di leggenda perduta. Puoi chiamarmi in questo modo."

"Vuoi che ti chiami Frammento di Leggenda Perduta?"

"Suona bene, non è vero? Devi essere furiosa con me, Tavana."

"Non sono una che serba rancore. Voglio sapere di più sul tuo conto."

"Davvero? Che cosa ti fa pensare che risponderò alle tue domande?"

"Che cosa?" Presi dalla tasca la pietra azzurra e gliela mostrai. "La gemella di questa si trova nel tuo stomaco."

L'espressione beffarda del demone svanì all'istante.

"Vedo che sai cos'è una pietrafiamma. Bene, questo mi risparmierà di doverti spiegare il rischio di avere un oggetto del genere nella pancia."

Frammento di Leggenda Perduta mi studiò con attenzione, alla ricerca di qualcosa. "Chi sei davvero, Tavana? I tuoi occhi sono un enigma. E le tue mani... Mhmm. Interessante. Le cicatrici che ostenti raccontano una storia che non riesco a decifrare."

"Non sono ciò che appaio. Dovresti imparare la lezione."

"Che lezione?"

"Scegliere con più cura i pasti, per non fare indigestione."

La belva scoppiò a ridere. "Me lo ricorderò la prossima volta che sorprenderò una vecchia nel suo letto." Si agitò sul letto, sporgendo il muso verso di me. "Tutto questo parlare mi ha fatto venire sete," sbottò. "Dammi dell'acqua."

"Rispondi alle mie domande, e forse l'avrai."

Frammento di Leggenda Perduta scrollò le spalle. "Sei riuscita a sopravvivere a morte certa, e questo esige rispetto. Che cosa vuoi sapere?"

“Da dove vieni?"

“Da dove? Dappertutto e da nessuna parte.”

“Va bene, proviamo con qualcosa di più semplice. Qual è l’ultimo posto che chiamavi casa prima di giungere a Evasturia?”

“Una regione nel sud, nascosta dentro la fossa di Lashworn.”

“Sta mentendo.” Le nocche di Knifold erano bianche mentre stringeva il fucile. “La fossa è stata chiusa mille anni fa dagli Eterni.”

“Beh, ragazzo, evidentemente non hanno fatto un buon lavoro.”

Knifold rischiava di interrompere il ritmo della conversazione. “Te ne prego,” dissi, “portagli dell’acqua.”

Knifold fu sul punto di dire qualcosa, ma scossi la testa senza dargli possibilità di replicare. “Come desideri.” Si alzò e uscì dalla stanza.

“Curioso,” disse il demone quando rimanemmo da soli, “un guardaboschi al guinzaglio di una vecchia. Come hai fatto?”

“C’è un tuo simile nella foresta di Evasturia,” proseguii, senza dare a Frammento di Leggenda Perduta la possibilità di cambiare conversazione. “Dove si trova?”

La bestia sgranò gli occhi. “Sei piena di sorprese, Tavana. Però ti sbagli: non si tratta di un ‘lui’, ma di una ‘*lei*’.”

“Dimmi dov’è.”

“Da qualche parte qui attorno.” Il demone latrò, e capì che stava ridendo. “Ora che ci penso, non so per quanto tempo abbia dormito. Potrebbe essere preoccupata. Mhmm. Magari mi sta cercando proprio in questo momento."

"Correremo il rischio."

Frammento di Leggenda Perduta scosse la testa. "Pensi che io sia pericoloso, ma non sai di che cosa è capace mia sorella. È più grande, più veloce e più affamata di me. Farà a pezzi chiunque cerchi di fermarla."

"Parli come un serpente sputaveleno, ma le tue minacce sono trasparenti come l'acqua. Puoi smetterla di cercare d'impressionarmi. Dimmi dove si trova tua sorella."

"Perché vuoi saperlo?"

"Perché voglio renderle la vita facile. Voglio essere *io* a trovarla."

Knifold tornò con una scodella. Dissetò il demone che trangugiò l'acqua con gli occhi ancorati ai miei. Il mio viso non tradiva alcuna emozione. "Vuoi ucciderla?" chiese, gli occhi che luccicavano di divertimento. "Tu, e… questo *ragazzino*? Mi stai chiedendo la via più veloce per il mattatoio." Roteò gli occhi, come per indicare che fossi pazza. "Ma certo! Ti dirò dove si trova. Passa la maggior parte del tempo nel folto della foresta, dove i pini più verdi e svettanti si mescolano a funghi che hanno il colore di stelle d'autunno."

"Poetico," sospirai. Cominciavo a perdere la pazienza.

Conoscevo il posto di cui parlava. Era la parte più antica della foresta.

"Ora che ci penso," Frammento di Leggenda Perduta si guardava attorno. "Che fine ha fatto la dolce bambina che ho divorato… come si chiamava? Ah, sì! Cappuccetto Rosso."

Incrociai le braccia.

"Ah," fece la bestia. "Quindi vive. Questo spiega perché sto morendo di fame. Sai che ti dico, Tavana? Quando tu e il ragazzo sarete morti, trascinerò tua nipote in un pozzo e la torturerò finché non sarà più in grado di distinguere tra realtà e incubo."

"È questo il massimo che riesci a fare?"

"Oh. Ho appena iniziato. Quando avrò finito con lei non avrà più un'anima. Sarà più buia e vuota della notte."

Le sue apparenze cambiarono. La pelle divenne scura come la pece e gli occhi si tinsero di rosso sangue mentre il suo volto si restringeva. Sembrava un'enorme rana con denti simili ad aghi.

"È questa la tua vera forma?" chiesi.

"Vera?" ripeté Frammento di Leggenda Perduta in modo beffardo. "Cos'è *vero*, donna? È una parola senza significato per me."

"Dovrai pure assumere una forma per nutrirti."

"Hai ragione, ma non direi che questa è la mia *vera* forma, così come una nuvola non rimane sempre uguale a sé stessa."

"Ho un'ultima domanda da farti."

"E io potrei avere una risposta. Ma ho sete."

Sospirai. Feci segno a Knifold di dargli un altro po' d'acqua.

Il demone sorseggiò in silenzio, evidentemente compiaciuto dell'espressione d'odio sul volto del guardaboschi.

Mi sporsi vero il prigioniero. "Dimmi. Che cosa hai..."

Frammento di Leggenda Perduta spruzzò l'acqua nei

miei occhi. Caddi dalla sedia atterrando con forza di schiena.

"Mia Signora!"

Sentii un rumore secco, come di qualcosa che veniva spezzato, seguito dal ringhio del demone e da un urlo di Knifold. Il fucile sparò una... due... tre volte.

"Knifold! Che succede?" Sbattei le palpebre e cercai di pulirmi gli occhi e quando finalmente riuscii a vedere, la scena davanti a me non aveva alcun senso.

Il demone aveva entrambe le mani mutilate. Sangue verde e vischioso cadeva dalle braccia mozzate.

Knifold sparò di nuovo, ma il demone era libero di muovere la parte superiore del corpo. Si muoveva così velocemente da evitare i colpi.

"Vuoto dell'anima!" Knifold imprecò, costretto a fermarsi per ricaricare il fucile.

Frammento di Leggenda Perduta approfittò del momento per strappare con i denti le corde delle gambe.

Mi alzai in piedi proprio quando era sul punto di lanciarsi contro Knifold.

"Basta così!" sbattei la pietrafiamma sul pavimento. L'oggetto scintillò e il demone si bloccò sul posto. Dalla bocca e dalle narici eruttò un fumo nero, la sua pancia si gonfiò a dismisura.

"Sparagli!"

Sentii il click del fucile, seguito dal rombo dello sparo.

Mi affrettai a coprire la pietra azzurra con il palmo della mano. Lo stomaco del demone smise di gonfiarsi e collassò su sé stesso.

Accorsi verso Knifold. Il suo braccio stava sanguinando. "Fa' vedere!"

La mascella del guardaboschi era contratta per il dolore. "È solo un graffio."

"Dobbiamo pulire la ferita."

"Sto bene."

"Avrai bisogno del tuo braccio, Knifold! Non sappiamo se c'era qualcosa di velenoso nei suoi artigli. Meglio non correre rischi. Fammi vedere meglio."

Disinfettai la ferita, e mentre lo facevo scoprii che il sangue del demone aveva un effetto corrosivo.

"Ti devo la vita, mia Signora." L'espressione di Knifold era tesa come la corda di una balestra. "Avrei di certo perso il braccio se non avessi fatto niente."

"Entrambi abbiamo imparato molto da quella creatura." Guardai il cadavere di Frammento di Leggenda Perduta. "Non quanto speravo, ma abbastanza per portare avanti il mio piano."

Knifold alzò entrambe le sopracciglia. "Quale piano?"

6

PIANI E SPERANZE

"Questa è follia." Knifold stava evitando il mio sguardo. "Non puoi dire sul serio."

"Non è follia. È l'unica scelta che abbiamo."

Il guardaboschi scosse la testa. "Non credo che sia una buona idea."

"Ascolta. Sappiamo che il loro olfatto è molto sviluppato. Conosco un modo per sopprimere l'odore. La demone non se ne accorgerà prima che sia troppo tardi. In ogni caso, sarò io ad affrontarla, mentre tu prendi la mira."

"Ci sono troppe cose che possono andare storte."

"È vero, ma non possiamo controllare tutto. Possiamo solo fare del nostro meglio con quello che abbiamo."

Knifold adocchiò il suo fucile. "Che cosa succede se sbaglio mira?"

"In quel caso c'è il piano ausiliario."

Il giovane custode sospirò. "Perfino più avventato del

primo. Con tutto il dovuto rispetto, mia Signora, non credo tu abbia considerato..."

"Che cosa?" lo interruppi. "Non credi che ci abbia pensato bene? Pensi che sia la mia senilità a parlare?"

"Signora dell'Ascia," disse Knifold, alzando le mani in un gesto conciliatorio. "Non voglio mancarti di rispetto, ma tutta questa situazione... Credo che l'interrogatorio ti abbia scosso. Voglio dire, gli ultimi due giorni sono stati un inferno per te. Mi sembra che tu possa essere... Voglio dire..."

"Dillo, Knifold. Dimmi che sono una pazza. Di' che l'età sta offuscando il mio giudizio."

"Non ho mai pensato che fossi pazza," Knifold arrossì. "Solo... Solo che il tuo piano possa esserlo."

Sospirai. "Non ho bisogno di ascoltarti, posso leggere i tuoi occhi. So che il piano sembra campato in aria. Ma devi credermi, è il migliore che abbiamo. Siamo l'unica difesa per la gente di Evasturia. Le loro vite dipendono da noi."

Il cacciatore mi guardò con esitazione. "Ci deve essere un altro modo."

"Non c'è altro modo. Pensaci. Questa volta non c'è suo fratello a proteggerla. Questi demoni hanno avuto a che fare con contadini, taglialegna e paesani indifesi. Non si aspetterà due custodi."

Knifold guardò la benda che gli copriva il braccio. "Il demone ha detto che è molto pericolosa."

"Tutti i demoni sono pericolosi, non sto cercando di negarlo, ma questa volta non sa che stiamo arrivando."

"Ma tu sei..."

"Saggia, vecchia e insignificante. Tu invece sei

giovane, fratello della foresta. Ti prometto che tra dieci anni ti ricorderai di questo momento e capirai che quello che ho fatto ha senso. Ma se vai là fuori da solo, come è tua intenzione, morirai. Se aspettiamo che arrivino i soccorsi, altre persone moriranno. La nostra unica possibilità di fermare questo scempio è restare uniti e andare a stanarla.”

“Mia Signora, ho un brutto presentimento.”

“Knifold, non sappiamo quanto tempo aspetterà prima di iniziare a cercare il fratello.”

Il guardaboschi annuì, ma continuò a sfuggire il mio sguardo.

“Knifold?”

“Va bene. Mi rimetto alla tua saggezza, Signora dell’Ascia. Da dove iniziamo?”

IL SOLE ERA QUASI scomparso dall’orizzonte, ma c’era ancora abbastanza luce per vedere attorno. Perlustrammo i dintorni della casa e trovammo i fiori che stavamo cercando.

“La foresta è stata generosa,” dissi, chinandomi a sfiorare i petali. “Non mi aspettavo di trovarne così tanti, così tardi nella stagione.”

Knifold aveva in mano una vanga. “Che cosa facciamo, adesso?” chiese.

“Ignora quelli bruni,” dissi, indicando le piante più giovani. “Prendi solo quelli viola. Mi raccomando, raccoglili a partire dalle radici.”

“Quanti ne occorreranno?”

"Abbastanza da riempire entrambi i cestini."

Raccogliemmo i fiori per quasi un giro di clessidra. Quando la luce del giorno disertò il mondo, accendemmo le lampade a olio. Continuammo a lavorare fino a quando le stelle divennero una moltitudine di gemme incastonate nel cielo.

"Va bene così. Ne abbiamo abbastanza."

Lavorammo nella cucina per tutta la notte, bollendo e mescolando senza sosta. L'acqua del pentolone divenne scura e densa man mano che aggiungevo ingredienti all'impasto.

"Non ha alcun odore," notò Knifold.

"Proprio come volevamo."

Quando la sostanza prese i toni dell'ametista, riempii una ciotola con il liquido. Spensi il fuoco e lasciai raffreddare il calderone.

"Passami il sacco."

Knifold mi passò un sacco spesso come un otre. Lo aprii e iniziai ad applicare la sostanza pastosa all'interno. Quando la materia si raffreddò, creò uno strato rigido.

Andammo nella camera dove il corpo del demone giaceva sul pavimento. Consegnai a Knifold l'ascia. "A te l'onore."

Il guardaboschi usò Sappheria per tagliare la testa del demone. Il resto del corpo lo seppellimmo in giardino.

Mentre Knifold era impegnato a pulire la canna del fucile portai con me la ciotola che avevo riempito in cucina. Presi il cappuccio incantato dal mio armadio.

Anche se non lo usavo da anni, il tessuto era liscio e pulito, il rosso del cappuccio intenso come lo era sempre stato. Non era invecchiato di un giorno.

Lo misi sul letto e iniziai a spruzzare il contenuto della ciotola sulla cappa. Quando ebbi finito, indossai il cappuccio e uscii dalla stanza.

"Albero Eterno!" Gli occhi di Knifold indugiarono sull'abito fatato, poi su Sappheria, che pendeva dalla mia cintura. "Per un attimo credevo di aver visto un fantasma."

"In un certo senso non hai torto." Raccolsi il sacco che conteneva la testa del demone. "È ora di andare a caccia."

7

LA MANGIATRICE DI ANIME

"Come si chiama?" chiesi a Knifold, mentre mi aiutava a salire in sella al suo cavallo.

"Jeto," rispose, accarezzando il collo della bestia. Era uno stallone marrone scuro, con macchie bianche sulle zampe e sulla schiena.

"Conosco poco il dialetto di Kutrasha, ma se la memoria non m'inganna 'Jeto' significa 'Pazienza', giusto?"

Knifold annuì. "Un nome che mio padre gli diede appena comprato. Avrebbe dovuto aspettare a chiamarlo in quel modo. Il suo temperamento è tutto tranne che paziente."

Mentre avanzavamo verso il folto della foresta guardai con occhi spenti l'ambiente farsi sempre più scuro. L'aria divenne densa e umida, gli alberi più serrati l'uno all'altro. Funghi grandi come cespugli cominciarono ad apparire un po' dappertutto. Più ci spingevamo all'interno, più crescevano di numero e di misura.

Dopo un quarto di giornata raggiungemmo la parte

più buia della foresta, dove il sole era un lontano ricordo. L'unica fonte di luce proveniva dai cappelli dei funghi che emanavano una luminescenza opalescente.

Fu a quel punto che Jeto mostrò i primi segni di irrequietezza.

"Possiamo fermarci qui," dissi, tirando le redini.

Knifold mi aiutò a scendere da cavallo.

"Lascia qui Jeto e seguimi a distanza," dissi. "Aprirò il sacco quando arriverò al centro della foresta. Ricordati il piano."

"Mia Signora, sei sicura che..."

"Sì, Knifold. Sono sicura. E comunque ormai è troppo tardi per ripensarci. Sei pronto?"

Il guardaboschi annuì.

"Ricordati di aspettare il mio segnale," dissi. "Voglio prima cercare di capire che cosa è successo ai bambini."

"Non lo dimenticherò. Che l'Unica Madre vegli sul tuo cammino."

"E sul tuo, fratello."

Mentre camminavo calpestavo foglie bagnate e terra umida, ma avvolta dal mio abito incantato, il cappuccio tirato su fino a coprire il volto, ero al riparo dal grande freddo.

Il peso di Sappheria sulla cintura mi dava conforto. Era come sapere di avere un amico al proprio fianco.

Mantenni un'andatura regolare prestando attenzione ai movimenti di Knifold, che mi seguiva da lontano senza turbare il silenzio. *Unica Madre, fa' che il piano funzioni!*

Alcune ombre si spostarono al mio passaggio. Intravidi piccoli invertebrati, roditori che si facevano strada tra i cespugli, pipistrelli sanguisuga e creature più piccole in agguato negli angoli più oscuri. Raggiunsi una radura al cui centro stava il fungo più grande che avessi mai visto. Il cappello purpureo era talmente ampio da rivaleggiare con il tetto di una casa. Posai una mano sul gambo, spesso quanto il tronco di un albero.

Quando un guardaboschi vuole valutare la salute di una foresta, deve recarsi nella regione più remota.

La linfa dei fiori, il colore del terreno, lo spessore degli alberi, la forma dei funghi, sono tutti buoni indicatori che parlano della natura del bosco.

Non avvertii alcuna vibrazione negativa. Mi guardai intorno, valutando l'ambiente circostante.

Quando le creature oscure dimorano in una foresta, preferiscono stabilirsi là dove la vegetazione è più fitta e possono corrompere facilmente la natura del bosco.

Anche se non riuscii a cogliere alcun segno della loro presenza di disfacimento avvertii che qualcosa non tornava. Mi accorsi che il terreno era pieno di giocattoli. Spade di legno, bambole di pezza, soldatini e bastoni da equitazione. Erano tutti coperti di foglie. Sembrava che fossero stati abbandonati da tempo.

"C'è qualcuno qui?" Aspettai, ma nessuno rispose. "Non abbiate paura. Sono qui per aiutarvi."

Silenzio.

Passai po' di tempo a guardarmi intorno, ma la radura non aveva niente da offrirmi. Se il demone aveva portato i bambini in quel posto, doveva essere accaduto molti giri di sole prima.

Aprii il sacco e gettai la testa di Frammento di Leggenda Perduta per terra.

L'odore di decomposizione si sparse nell'ambiente

circostante e il cuore della foresta si fece d'un tratto molto silenzioso, come se una forza senza nome avesse inghiottito tutti i rumori.

Fui certa che qualcuno mi stava guardando.

Non mi girai.

Non feci altro che aspettare che arrivasse.

Avvertii il lento frusciare delle foglie mentre il vento si faceva più forte. Un'ombra emerse da una concentrazione di funghi alla mia sinistra. Le lunghe orecchie apparvero per prime, seguite dal resto del corpo. Si trattava di un lupo gigantesco; il folto manto della bestia, scuro come la pece, si rizzò mentre avanzava. Gli occhi fiammeggianti non mi persero di vista per un solo momento.

Mentre la creatura si avvicinava, il corpo andava via via perdendo le sembianze del lupo. La pelliccia scomparve, il muso si restrinse e le orecchie si accorciarono. Lunghe braccia sottili sostituirono le zampe anteriori e in capo a pochi battiti di cuore mi trovai a fissare una donna alta e snella. Lunghi capelli bianchi le scendevano dalle spalle, e la sua pelle era color pietra. L'unica cosa che non cambiò fu il rosso dei suoi occhi.

"Sono confusa." La voce della demone era bassa e pacata, come lo scorrere dell'acqua sul letto di un fiume. "Non odori di follia. Perché sei venuta qui a morire?"

"Non sono venuta a morire. Sono qui per dirti che hai scelto il posto sbagliato per creare una tana. Una guarnigione di custodi della Cerchia sarà qui molto presto. Vattene, se non vuoi fare la fine di tuo fratello. Questo è l'unico avvertimento che riceverai."

La demone sorrise mentre guardava la testa di Frammento di Leggenda Perduta. Mosse una mano come per dissipare del fumo. "Sei stata tu a ucciderlo?"

"È così."

Valutò la mia ascia. "Capisco," disse. "Mio fratello è sempre stato uno sciocco."

"Che cosa vuoi?" La studiai con attenzione. "Se cerchi una fonte di potere primordiale, non la troverai nei semi di questa foresta. Le Prime Fate non hanno benedetto questa terra con la Promessa di Eternità, né gli Elfi Primordiali hanno cantato i loro doni agli alberi. Non c'è linfa magica che tu possa rubare, né radici incantate da corrompere. Questa foresta non vale niente per qualcuno come te."

"Non sto cercando l'oro delle fate, e non ho alcun interesse per la magia degli elfi. Hai intenzione di dirmi chi sei o vuoi che indovini?"

"Mi chiamo Tavana, figlia di Kalla."

"Sento odore di magia, Tavana. Sì, una persona che consegna così facilmente la promessa del suo nome deve valere più di quanto sembra." La demone studiò il mio cappuccio rosso. "E non si tratta di magia a buon mercato. Mi stai incuriosendo. Dimmi chi sei veramente."

"Sono una custode scelta dalla Cerchia. Ho perlustrato le foreste del regno per mezzo secolo uccidendo esseri come te. Questa provincia è il mio dominio, e sarò spietata se non te ne andrai."

"Davvero impressionante," disse la demone, sembrando tutt'altro che impressionata. "Ma devo contraddirti. Non hai mai incontrato un essere come me, te l'assicuro."

"No? Ti è forse sfuggita la testa di tuo fratello?"

"Fratello?" La demone mi mostrò i lunghi denti bianchi. "È vero, siamo legati da un vincolo di sangue, ma non sono più simile a lui di quanto un leone sia simile a un gatto."

"Vantarsi deve essere un tratto comune che scorre nelle vene della tua famiglia. Anche lui ha detto qualcosa di simile."

"Aveva ragione." La demone prese la testa mozzata e guardò gli occhi privi di vita. "Non seguiamo il richiamo di Durungani. Creiamo le tenebre dove ci troviamo e non ci pieghiamo a nessuna regola. Ora basta con i giochi, Tavana. Sento l'odore decrepito della tua pelle. È evidente che sei una mortale non troppo lontana dalla notte eterna. Le tue minacce non mi toccano."

"Magari non sarò nel fiore degli anni, ma se pensi che sia innocua commetteresti il suo stesso errore." Indicai la testa mozza.

La demone scrollò le spalle. "Sei fortunata. Mi vanto di non uccidere senza un motivo. Ti darò la possibilità di spiegarti. Perché sei qui?"

"Sono scomparsi dei bambini alcuni giri di sole fa. So che tu sei responsabile. Che cosa ne hai fatto?"

"I bambini sono al sicuro. Ovviamente 'al sicuro' è un concetto relativo, ma staranno molto meglio di quanto non lo siano mai stati. Mi prenderò cura di loro."

"La notizia non rallegrerà i loro genitori."

La donna-demone sbuffò. "Agricoltori e boscaioli. Non hanno niente da offrire ai loro figli, a parte gli stenti e la lotta costante per la sopravvivenza. Mi saranno grati quando si trasformeranno. Li avrò salvati da una vita insignificante, come è accaduto a me."

"Che cosa vuoi dire?"

"Una volta ero umana, proprio come te. I miei genitori mi chiamavano Saraina. Significa 'fiore sbocciato' in Karaity." Gettò la testa dell'altro lupo a terra e alzò entrambe le braccia al cielo. "Non sono vincolata dalle regole che governano il mondo dei mortali. Il tempo non fa che rafforzarmi. Tra qualche giro di stagioni tu sarai polvere. Io, invece, sarò una dea."

"Che razza di creatura sei?"

"Ci chiamano shannan a oriente, i 'mangiatori di anime'. A occidente ci conoscono come lishara, i 'demoni dai mille volti'. Voi del nord non avete ancora un nome, e così ci chiamate servi di Durungani."

"Tuo fratello ha detto che venite dalla fossa di Lashworn."

"Una mezza verità. I nostri poteri vengono da lì. Ogni tanto dobbiamo tornare in quel luogo, ma ora siamo liberi di vagare per il regno."

"Quali poteri?"

"I *nostri* poteri. La cosa che lega ogni specie che sia mai esistita. Il bisogno di sostentamento."

"Non capisco."

"Voi esseri umani credete che mangiamo le persone. Ma questa è solo una parte della verità. Vedi, quando divoriamo qualcuno nel nostro centro non ne consumiamo solo la carne, ne assorbiamo anche l'anima." Un sorriso osceno balenò sulle labbra di Saraina. "Ci sono millenovantasette anime dentro di me, Tavana. I miei poteri crescono con ognuna di esse. Quando qualcuno affronta me, sta affrontando un'intera legione."

Potevo contare sulle dita di una mano le volte in cui

avevo udito una minaccia di una portata tale da non essere sicura di poter gestire.

La demone non solo era intelligente e calcolatrice. Era un nemico che cresceva in forze ogni volta che uccideva qualcuno. Doveva morire!

"Forse non sono pronta ad affrontare una legione," ammisi. "Ma ho abbastanza fuoco per bruciare l'Inferno." Mi girai di scatto. "ORA, KNIFOLD!"

Un colpo di fucile echeggiò nella radura. Il tempo sembrò fermarsi mentre i miei sensi si espandevano oltre il mio corpo.

Troppo tardi Saraina si rese conto di ciò che stava accadendo. Quando il proiettile colpì la testa di Frammento di Leggenda Perduta, un'onda di fuoco esplose con un boato assordante, proiettando la demone contro il gambo del fungo gigante. Il suo corpo rimbalzò duramente sul terreno e rimase immobile.

Sentii passi che si avvicinavano. Delle braccia mi sollevarono da terra.

"Mia Signora, stai bene?"

Scossi la testa. L'esplosione mi aveva intontita. "È... È morta?"

Knifold si girò a guardare la demone. "Direi di sì."

"Assicuratene."

Troppo tardi. Saraina si alzò da terra con la velocità di un serpente. Knifold sparò una mezza dozzina di volte, ma nessuno dei proiettili la colpì. La demone coprì la distanza che ci separava in pochi battiti di cuore, e prima che Knifold potesse ricaricare il fucile si gettò contro il guardaboschi.

Il ragazzo urlò mentre il mostro seppelliva la mano

nel suo stomaco. Knifold guardò la ferita, stupito, come se non riuscisse a credere a quello che stava vedendo. Sputò sangue e cadde in ginocchio.

"No!" urlai.

"Ma guarda un po'," disse Saraina. Era stata lievemente danneggiata dall'esplosione. "Hai portato un giovane stolto a morire con te." Afferrò Knifold per il collo e lo sollevò senza sforzo. "Peccato che sia troppo vecchio per essere trasformato, ma credo di avere ancora spazio per un boccone."

Aprì la bocca, la mascella si allargò a dismisura, come un serpente che scardina le fauci per ingoiare una preda, e ingoiò Knifold in un solo boccone.

Vidi chiaramente l'ultima espressione del custode, un misto di dolore e paura. Sapeva esattamente che cosa lo aspettava.

Saraina si leccò le labbra e si voltò verso di me. "Millenovantotto anime, grazie a te."

Mi gettai sul fucile e lo puntai verso di me, ma non riuscii a premere il grilletto. Saraina mi strappò via l'arma e la spezzò in due.

"Una mossa sciocca," disse. "Pensavi davvero di potermi sopraffare?" Mi alzò al livello dei suoi occhi. "Mhmm. Perché il tuo cappuccio è bagnato? Com'è possibile che non me ne sia accorta prima?"

Si leccò le dita bagnate. I suoi occhi si allargarono. "Fiori di raajah. Se avessi premuto il grilletto, avresti bruciato metà di questa radura. Saresti morta in un modo orribile per liberarti di me. È un sacrificio che mi sarei dovuto aspettare da una come te."

Saraina mi graffiò il braccio e bevve il sangue che uscì

dalla ferita. Cercai di divincolarmi dalla presa, ma la demone era troppo forte.

"Il tuo corpo mi dice che hai una figlia," disse, schioccando le labbra. "E a giudicare dalla paura nei tuoi occhi, non deve essere molto lontana." Si mise ad annusare l'aria. I suoi occhi puntarono verso la direzione in cui viveva Telia. "Farò una visita al sangue del tuo sangue."

"No!"

"Ah. Non preoccuparti, Tavana. Questo è solo l'inizio della tua sofferenza."

Mi strinse la gola e persi i sensi.

8

_____

NOTTE PERPETUA

Era buio pesto quando mi svegliai.

Il mio corpo era rigido, come se non lo avessi usato da giorni. Un odore ripugnante e familiare fu la prima cosa di cui mi accorsi.

Alzai lo sguardo e vidi due punti di luce che facevano poco per dissipare l'oscurità circostante.

Non ero più nella foresta. Ero nello stomaco del mostro.

Thump-thump. Thump-thump. Il silenzio abissale mi fece temere che qualcun altro oltre me potesse udire i battiti del mio cuore.

"Knifold?" chiamai, guardandomi attorno. "Knifold? Mi senti?" Mi mossi con esitazione, come una cieca intrappolata in un labirinto. "Sono io, Tavana. Rispondimi!"

"Da questa parte," una voce flebile, poco distante da me, accese inaspettatamente un barlume di speranza. "Sono qui."

Mi feci strada nell'oscurità e dopo aver proceduto a tentoni per qualche momento trovai due figure.

"Knifold?" chiesi con esitazione. "Sei tu?"

"Knifold?" ripeté la voce. "Non riesci neppure a riconoscere il tuo stesso sangue, madre?"

"Telia?" feci un passo in avanti. "Sei tu?" Guardai verso la seconda figura. La sostanza predatrice l'aveva avvolta completamente. "No! Bambina mia!"

"È morta urlando," disse Telia, la sua voce uscii come un soffio. "Ci hai uccise entrambe."

Caddi in ginocchio. "No! Non... Non può essere..."

Sentii un rumore improvviso, simile al ramo di un albero che si spezzava. Qualcosa o qualcuno mi afferrava la gamba.

"No!" Mi ritrassi dal predatore. "Stai lontano da me!"

Ma questa volta sapevo che la storia sarebbe finita diversamente. Urlai a squarciagola mentre ogni centimetro del mio corpo veniva coperto dalla sostanza.

Thump-thump. Thump-thump.

Il dolore si attenuò, per poi scomparire. Aprii gli occhi.

Il mondo oscuro era scomparso. Mi trovavo in una stanza. Il soffitto e le pareti erano bianche, il pavimento argentato.

"Dove mi trovo?" mormorai, confusa.

Stai sognando, Tavana, rispose una voce maschile. Un uomo con capelli castani e viso squadrato sedeva a un tavolo impugnando una penna d'oca. Era intento a scrivere.

"L-Lorion? Sei tu?"

"Lorion è morto." Posò la penna e mi guardò con

espressione grave. "Ma tu sei ancora viva, Tavana. La tua missione non è ancora compiuta. Hai molto da perdere."

Gli oggetti nella stanza presero a perdere consistenza, e ben presto si ridussero a un denso fumo bianco. Anche Lorion si fece indistinto, vago come un miraggio.

"Lorion. Che sta succedendo?"

L'ombra del mio sposo piegò la lettera e la mise in una busta. "Non sono altro che un ricordo, amore mio. Ma tu sei vera, e le tue scelte contano. Ricorda ciò che ti disse il tuo mentore, Tavana. Ricordati perché hai deciso di servire l'ascia."

"Lorion?" Le pareti si accesero con una luce così forte che mi costrinse a coprirmi il volto con un braccio. "Ti prego, non andare via!"

Thump-thump. Thump-thump.

La luce scomparve. Riaprii gli occhi e mi guardai attorno.

Era giorno, e mi trovavo all'aria aperta. Alti pini circondavano una radura che ospitava i ruderi di una casa. L'aria odorava di legno bruciato e di carne carbonizzata. Conoscevo bene quel posto.

Un guardaboschi alto e dinoccolato con occhi azzurro ghiaccio e lunghi capelli bruni legati in una treccia stava piantando un palo nel terreno.

"Cosa stai facendo, Ralon?" La mia voce suonava come quella di una bambina.

"Sto creando delle croci stellate," rispose il mio mentore.

"Croci stellate? A cosa servono?"

"Rappresentano l'Albero Universale." Ralon indicò il palo messo in verticale. "Questa linea simboleggia l'anima, quella orizzontale rappresenta la vita che hanno vissuto i tuoi genitori. Una croce stellata è una mappa. Li aiuterà a trovare l'Unica Madre."

Una direzione da seguire per non perdersi nel viaggio dell'aldilà. Era un'idea che mi piaceva. "Grazie," dissi. Guardai il guardaboschi con un'espressione persa, le tombe dei miei genitori a pochi passi di distanza. "Che cosa facciamo adesso?"

Ralon raccolse l'ascia da terra, poi si voltò verso di me con un sorriso rassicurante. "Ora, Tavana, continuiamo il viaggio."

Mi svegliai di soprassalto, le lacrime del sogno che mi bagnavano il volto. Mi trovavo ancora nel cuore della foresta. Mi alzai, un dolore palpitante alla base della testa. Saraina era sparita. Accanto a me, il fucile spezzato di Knifold.

Lo avevo condannato allo stesso incubo a cui ero sfuggita per un soffio. Il mio piano lo aveva ucciso.

Mi ricordai delle ultime parole della lupa.

Quanto tempo era passato?

Sappheria era ancora legata alla mia cintura. Zoppicai verso il luogo dove avevamo lasciato Jeto e quando lo raggiunsi lo slegai dall'albero e tentai di salirgli in groppa, ma senza successo. Lo condussi accanto a un fungo maestoso e ne usai il cappello come base di appoggio, riuscendo finalmente a montare in sella.

"Andiamo," lo spronai e Jeto partì al galoppo.

E se la demone avesse già trovato la mia famiglia? L'amuleto protettivo le avrebbe tenute al sicuro? Potevo solo sperare che non fosse troppo tardi.

Quando giunsi a casa di Telia scesi da cavallo e corsi verso la porta d'ingresso. "Telia." Bussai alla porta. "Telia?"

"Nonna, sei tu?" La voce di Blanchette, che proveniva dall'interno, fremeva di spavento.

"Blanchette! L'Unica Madre sia lodata! Stai bene?"

"Sì. Mamma ha detto di non aprire a nessuno."

"Ha fatto bene. Ascolta, bimba mia. Ho dato a tua madre un amuleto a forma di anello. Lo ha sistemato vicino all'ingresso?"

"Sì. È di fronte a me."

Sospirai. "Bene. Lascialo lì. Dov'è Telia?"

"Abbiamo sentito qualcuno urlare. Sembrava un bambino. È andata a controllare."

"Va bene. Vado a cercarla. Tu resta dentro. Non uscire per nessun motivo, hai capito?"

"Ma voglio aiutarti..."

"Resta dentro!"

Andai a ispezionare fienile e pollaio, che trovai vuoti. Studiai il terreno e notai delle impronte fresche che si dirigevano verso la foresta. "Telia? Dove sei?"

Cercai segni di uno scontro, ma non trovai niente.

Forse ero arrivata troppo tardi. Forse il demone aveva già...

"Madre?"

Telia comparve da dietro un albero. Teneva per mano una bambina con lunghi capelli biondi, occhi stellati e una tempesta di lentiggini. C'era qualcosa di stonato nel modo in cui la piccola stava sorridendo. Piegò la testa di lato, gli occhi saturi di una luce sinistra.

"Che ci fai qui?" Telia corrucciò la fronte. "Dov'è il

cacciat... Unica Madre! Che cosa ti è successo al braccio? Stai sanguinando.”

“Per l’Albero Eterno! Stai lontana da lei.” Afferrai Telia e la scostai dalla fanciulla, che iniziò a piangere.

“Cosa stai facendo?” Telia cercò di liberarsi dalla mia presa. “Non vedi che è terrorizzata? Ha perso i genitori.”

“È questo che ti ha detto?” Mi piantai davanti alla bambina costringendola a guardarmi. “Sei sola? Rispondimi!”

“Madre, lasciala! È solo una bambina...”

“Non biasimarla, donna. La paura rende le persone dei mostri.”

Ci voltammo verso la voce nell’istante in cui Saraina saltava giù dal ramo di un albero.

“Non c’è niente di meglio di una riunione di famiglia.” E volgendosi verso la bambina che stava ancora singhiozzando: “Il tuo lavoro qui è finito. Ora vai!”

La fanciulla smise di piangere di colpo e scappò nella foresta.

“Cosa sta succedendo?” Telia guardò la demone, il volto pallido. “Tu chi sei?”

Saraina ignorò la domanda. Si concentrò su di me. “L’incantesimo che protegge quella casa è sorprendente. Per fortuna tua figlia ha una coscienza. È accorsa non appena ha sentito le urla. Hai cresciuto una sciocca, Tavana. Mi hai reso il lavoro fin troppo facile.”

“Stai dietro di me.” Mi frapposi fra il mostro e Telia.

Saraina sorrise. “A giudicare dall’odore, mi sembra di capire che c’è una fanciulla dentro casa. Non vogliamo certo che si perda il divertimento. Mocciosa?”, chiamò, "se non esci di lì, mangerò tua madre e tua nonna in un solo boccone."

"Rimani dove sei, Blanchette!" Presi la mia ascia e gliela puntai contro.

"Madre!" Telia mi afferrò per le spalle.

"Resta indietro," dissi, spingendola indietro.

"Oh, per favore." Gli occhi di Saraina s'illuminarono. "Non essere ridicola. Che cosa pensi di fare?"

"Non ti permetterò di far loro del male." Sappheria brillò minacciosamente nelle mie mani.

La demone considerò attentamente l'ascia. Alla fine, sembrò decidere che l'arma non rappresentasse una minaccia. Ridusse la distanza che ci separava.

"Una vecchia leonessa rimane pur sempre una leonessa," disse. "O almeno, è quello che crede."

Sapevo di avere una sola possibilità di fermarla. Il mio corpo era stanco e sentivo che l'effetto della galvania si era attenuato. Potevo permettermi un solo colpo. Doveva essere quello giusto.

Chiusi gli occhi, mormorai una frase in alto elfico e Sappheria sprigionò la luce di una stella.

"Cosa..." Saraina alzò le braccia per proteggersi dalla luce accecante. Era il momento che stavo aspettando.

Flettei il braccio e lanciai l'ascia con tutta la forza che avevo. Quando la lama si seppellì nella scapola della demone, il suo urlo mi raggelò il sangue.

"Entra in casa!" urlai a Telia.

"Ma..."

"Adesso! Non abbiamo tempo per..."

"Lodevole."

Mi girai giusto in tempo per vedere Saraina che

estraeva Sappheria dal suo corpo. "Davvero impressionante, per una nonna. Purtroppo, non c'era molta forza nel colpo." Gettò l'ascia per terra. Sangue nero colava dalla ferita, ma non sembrava preoccupata. "Un po' più in profondità, e avresti fatto un danno notevole. Ti ho sottovalutata, Tavana."

Mi gettai verso l'ascia, ma la demone fu più veloce. Mi bloccò un braccio e con la mano libera mi afferrò il petto, premendo con forza. Urlai a squarciagola, Il dolore di un'intensità accecante.

"Sì, Tavana, urla!" Un sorriso osceno le divideva il volto. "Urla più forte che puoi."

Gli aguzzi artigli affondarono nella mia carne, e gridai fino a non avere più voce.

"Lasciala andare!"

Dopo quella che sembrò un'eternità di tormento, avvertii la pressione diminuire. Saraina lasciò la presa e crollai a terra.

"Guardala come corre." La demone scoppiò a ridere. "Abbiamo un'altra combattente in famiglia."

"Nonna! Stai bene?"

Boccheggiai, annaspando per respirare. Riuscii appena a muovere la testa verso la direzione della voce.

"No," mormorai, sentendo il sapore del sangue. "Non... Non venire."

Saraina intercettò Blanchette e la trascinò vicino a Telia, che la prese tra le braccia. "Finalmente la famiglia è riunita."

"Stai lontana..." borbottai, cercando d'ignorare il dolore. "Sta' lontana da loro!"

"Sangue chiama sangue," proclamò Saraina rivolgendosi a Telia. "Tua madre ha ucciso mio fratello. È venuto il momento di pagare. Fortunatamente per voi, non mi piacciono gli sprechi. Per questo motivo..." Si voltò verso di me e sorrise. "Ti farò decidere. Chi vuoi che muoia, Tavana? Tua figlia o tua nipote?"

"Te ne prego," supplicò Telia, la sua voce poco più di un sospiro. "Lasciaci in pace. Ti darò tutto quello che possiedo."

"Non hai niente di valore a parte la tua vita, donna. Allora, Tavana?" Sfiorò il collo di Blanchette con le mani artigliate e la bambina trasalì. "Quale sangue verrà versato? Dammi un nome, o le uccido entrambe."

"Non farlo!" implorai. "Ti supplico."

"Se non vuoi scegliere, lo farò io." Strattonò Telia, facendola cadere a terra, e afferrò il collo di Blanchette.

"Lasciala andare!" urlai.

Saraina strinse la presa, e Blanchette cominciò a boccheggiare. "Si sta spegnendo, Tavana. Sua madre è la prossima. Vuoi davvero averle entrambe sulla coscienza? Dammi un nome."

"Uccidi me al suo posto!"

"Tu non fai parte del gioco, stupida vecchia."

"Lasciala andare!"

"Guardala, Tavana. Non le resta molto. Dammi un nome!"

"Ti prego," urlai. "Non lei!"

"Ah." La demone gettò Blanchette per terra. "Finalmente ti sei decisa."

Era successo tutto in pochi istanti. Dalle mani di Saraina spuntarono artigli affilati come aghi che saettarono verso Telia, trafiggendole lo stomaco.

"Mamma! NO!"

Blanchette estrasse dalla tasca una fiala con un liquido color ambra. Era l'Acqualuma che le avevo dato.

"Mira al volto!" la esortai.

Blanchette tirò la pozione, centrando in pieno gli occhi del mostro. Saraina ululò di dolore mentre la sua pelle si liquefaceva. Si portò le mani al volto lasciando libera Telia, l'aria satura dell'odore di carne bruciata.

Raccolsi le forze che mi rimanevano e raggiunsi Sappheria.

"Piccola peste!" sbraitò Saraina. Si girò a destra e sinistra, fiutando l'aria. "Mi divertirò a vederti morire."

Strinsi l'ascia con tutte le forze che avevo. "Amica mia," sussurrai, "non deludermi adesso."

Mi gettai con tutto il peso contro la schiena della demone. Quando la lama fece contatto con il mostro, Saraina annaspò, sangue che scendeva generoso dalla bocca. "Tu..." Guardò l'ascia sepolta nel suo corpo. Cadde a terra, e rimase immobile.

Ansimai, allo stremo delle mie forze. Blanchette era al fianco di sua madre. Mi trascinai verso di lei. "Telia?" dissi. "Telia. Riesci a sentirmi?"

Guardai la ferita e rabbrividii.

"Cosa facciamo?" Gli occhi di Blanchette erano pieni di lacrime. "Nonna, per favore. Dobbiamo fare qualcosa. Devi salvarla!"

Mi guardai attorno, cercando qualcosa da usare per fermare l'emorragia, ma non trovai nulla. Misi la mano sulla ferita aperta, sentendo il sangue uscire a fiotti.

"Nonna? Che cosa facciamo?"

Avevo visto ferite come quelle centinaia di volte. Sapevo che non c'era niente che potessi fare.

"Telia, starai bene," dissi. "Te lo prometto. Guardami. Guardami Telia."

Mia figlia mosse le labbra, cercando di dire qualcosa. Colsi una sola parola: 'affido' prima che la luce abbandonasse i suoi occhi.

"Mamma?" Blanchette mi guardò con un'espressione di panico. "Ti prego, fa' qualcosa!"

Scossi la testa. "Mi dispiace."

"NO!" Blanchette mi spinse di lato è abbracciò sua madre. "Mamma. Non preoccuparti. Starai bene. Ti prometto che starai bene. Ti prego mamma, guardami. Devi restare sveglia. Devi restare..."

Impotente, guardai Blanchette cullare il corpo di sua madre.

9

ACCOGLIERE L'OSCURITÀ

La mia dolce Cappuccetto Rosso stava sussurrando parole rassicuranti al corpo di sua madre. Distolsi lo sguardo, incapace perfino di piangere.

Sapevo che non c'era niente che potessi fare se non aspettare.

Quando il pomeriggio cedette il posto alla notte, la temperatura scese repentinamente. Mi sforzai di accumulare abbastanza legna da creare un fuoco vicino a Blanchette.

Lasciai Sappheria a terra, il bagliore bluastro della lama quasi completamente offuscato dal sangue di Saraina.

Passarono diversi giri di clessidra. La notte invecchiò, l'aria divenne sempre più fredda e il vento s'insinuò tra i rami degli alberi generando una sinfonia di suoni sinistri. Raccolsi delle coperte dalla casa e avvolsi Blanchette, che non si era mossa di un passo.

Conoscevo bene il dolore che stava provando. Lo avevo vissuto sulla mia pelle.

Il mio sguardo era perso nelle fiamme, vive e scoppiettanti, fin quando il rosso del fuoco mi rimase impresso negli occhi. Era stata colpa mia. Knifold e Telia erano morti per colpa mia.

I druidi sono convinti che camminare nel fuoco sia l'unico modo per espiare i crimini più gravi. Mi avvicinai al calore fino a quando la pelle non si scaldò a tal punto da bruciare.

Un ricordo sbocciò nella mia mente.

Avevo otto anni e stavo fissando un focolare. Ralon aveva seppellito i miei genitori da nove giri di clessidra.

"Che cosa c'è?" mi chiese il guardaboschi, mentre arrostiva uno scoiattolo gigante. Le fiamme gettavano ombre sul suo viso affilato.

"Per un secondo io... io..." M'interruppi, non sapendo come articolare i pensieri. Osservai il fuoco, parlando con esitazione. "Pensavo che la fiamma mi stesse chiamando." Mi fermai, incerta se era il caso di rivelargli il resto. "Mi chiedo... Mi chiedo se non sarebbe più facile morire. Sai, farsi avvolgere dalle fiamme e semplicemente scomparire."

Ralon scrollò le spalle. "Fa' pure, se è questo che vuoi. Non ti fermerò."

Lo studiai, incredula. Aveva fatto una battuta?

"Non mi fermeresti?"

"Perché dovrei?" Ralon alimentò le fiamme gettandovi un ciocco. "L'Unica Madre ci ha resi padroni di una cosa sola: la nostra vita. Puoi usarla come vuoi, e se vuoi sprecarla, così sia."

C'era contegno nel suo tono, come se stesse leggendo le parole da un testamento scritto dagli dèi.

Il guardaboschi girò lo spiedo e aggiunse erbe aromatiche. Sentii l'aria trasportare l'odore di pepe e polvere di agave.

"Morire è semplice," continuò Ralon. "Molte persone vanno volentieri incontro al suo abbraccio. È una loro scelta."

Nel rosso brillante del fuoco vidi gli occhi vuoti dei miei genitori, la quiete dei loro corpi. Qual era stata l'ultima cosa che aveva detto mia madre? Non riuscivo neppure a ricordarlo.

Chiusi le mani, sentendo le unghie affondare nei palmi. "Mi mancano, Ralon."

Il custode annuì. Non offrì conforto, né sembrò interessato a dire altro. Continuò ad aggiungere erbe allo spiedo, spostando di tanto in tanto i ceppi.

"Cosa faresti tu?" gli chiesi. "Se i tuoi genitori fossero stati uccisi?"

"Io?" Ralon inarcò un sopracciglio. "È semplice. Mi preparerei a mangiare questo scoiattolo fino a quando non fossi sazio."

"Perché?"

"Perché?" Mi guardò come se la mia domanda fosse sciocca. "Perché avrei bisogno di tutte le mie forze per vendicarmi."

Quelle parole mi colpirono duramente. Ma certo! Ralon non avrebbe perso tempo a lamentarsi. Era un custode. Avrebbe combattuto.

Il guardaboschi si mise in tasca il sacchetto. "Non puoi cancellare ciò che è stato fatto alla tua famiglia."

Tagliò una zampa dello scoiattolo e me la porse. "Tutto quello che puoi fare è bruciare nelle fiamme, o usare la luce per farti guidare."

Bruciare nelle fiamme, o usare la luce per farti guidare.

"Nonna?"

Trasalii. Il ricordo svanì all'istante. La piccola aveva smesso di piangere.

"Sì, bambina mia?"

"Mamma ha bisogno di riposare." I suoi occhi saettarono verso il corpo a pochi passi di distanza.

Ricordo poco delle ore seguenti. Ricordo che scavammo una buca abbastanza grande da accogliere il corpo di mia figlia. Ricordo che mi muovevo a scatti come una marionetta manovrata da corde invisibili.

Raccolsi due bastoni e improvvisai una croce, il palo verticale che simboleggiava l'anima, quello orizzontale la vita, proprio come aveva fatto Ralon per i miei genitori.

Rimanemmo di fronte alla tomba, assorte nella prigione dei nostri pensieri.

"È stata colpa mia," riuscii a dire alla fine. "Tua madre aveva ragione. Ho solo peggiorato le cose."

"Non è stata colpa tua." La voce di Blanchette era distante, priva di qualsiasi emozione. Si girò e raccolse Sappheria. Guardò l'arma per un momento.

"Che cosa c'è?", chiesi.

"Voglio imparare a usarla," fu la sua risposta. "Voglio che m'insegni a combattere. Non voglio mai più avere paura."

La fissai con muto stupore. L'esperienza l'aveva cambiata. C'era qualcosa di strano e al tempo stesso familiare nei suoi occhi, una nuova consapevolezza: il mondo non è un posto sicuro. Ci sono mostri che possono toglierti tutto, se glielo permetti.

Avevo lottato tutta la vita per far sì che Blanchette vivesse senza pericoli, ma in quel momento capii di essere stata una sciocca. Non esistono posti sicuri. Era una lezione che avrei dovuto imparare decenni prima, quando trovai i corpi dei miei genitori: la vita non è una fiaba.

Feci per rispondere, ma mi sentii mancare e capii che l'effetto della galvanica era scomparso. Mi accasciai a terra, annaspando.

"Nonna?" Sentii Blanchette tenermi la testa. "Nonna? Cos'hai?"

"Sto... sto bene," mi sforzai di rispondere. "Ho... ho solo bisogno..."

"Aspetta qui," disse. "Vado a prendere dell'acqua."

La vidi correre verso la casa. "La mia dolce Cappuccetto Rosso," dissi, sentendo le forze dileguarsi come un fuoco spento da un vento gelido.

Chiusi gli occhi e lasciai che l'oscurità prendesse il sopravvento.

10

LA CANZONE DI TAVANA

Quando aprii gli occhi, mi trovai nella mia stanza da letto.

Un forte odore speziato riempiva l'aria; qualcosa di familiare che non riuscii a riconoscere.

"Stavo iniziando a preoccuparmi."

Cercai con lo sguardo la voce. Un uomo di mezza età sedeva al mio fianco. Un lungo giubbotto di pelle imbottito a stento si intravedeva da sotto il mantello verde, assicurato alle spalle da due spille d'argento. I corti capelli color carbone facevano splendere la pelle chiara del volto e gli occhi lucidi del colore di un'acquamarina.

"Mazel?" Sbattei le palpebre. "Mazel, sei tu?"

L'uomo chinò il capo. "Al tuo servizio, Signora dell'Ascia."

Scossi la testa. "Come... Quando... Da quanto sono qui?"

"Da un paio di giorni, vecchia amica mia," disse il guardaboschi, sorridendo.

Studiai i capelli bianchi intorno alle sue tempie. "Ne è passato di tempo."

"Nove giri di stagioni. Stento a crederci."

"Sei invecchiato bene."

Mazel scoppiò a ridere. "Quasi un decennio che non ci vediamo, e questa è la prima cosa che ti viene in mente? Beh, anch'io sono contento di vederti, Tav."

Sorrisi nonostante tutto. Avevo condiviso con Mazel centinaia di missioni, e mi aveva salvato la vita almeno una dozzina di volte.

"Come ti senti?"

"Come se avessi cavalcato un grifone." Mi guardai intorno. "Dov'è mia nipote?"

"La mia squadra si sta prendendo cura di lei. Aveva qualche graffio. Niente di grave. È una brava bambina. A giudicare da quello che ci ha detto, ha anche un bel po' di fegato. Mi ricorda qualcuno."

Feci leva sui gomiti e cercai di alzarmi, ma un'ondata di dolore mi fece desistere.

"Pessima idea." Mazel mi posò una mano sul petto. "Ho paura che dovrai cancellare tutti i tuoi impegni, amica mia. Il guaritore dice che avrai bisogno di almeno un'altra settimana prima di poter camminare."

Grugnii, ma non provai ad alzarmi di nuovo.

"Ora." Mazel si sistemò sulla sedia. "Blanchette ci ha raccontato gran parte di quello che è successo. Abbiamo perlustrato la foresta, e abbiamo trovato i bambini."

"Stanno bene?"

"Sì, stanno bene. Sono al sicuro con i loro genitori, adesso. Abbiamo anche seguito le tracce della demone fino al centro della foresta, dove abbiamo trovato un fucile spezzato." Mazel fece una breve pausa, i suoi occhi cercarono i miei. "Immagino appartenesse al custode che pattugliava questo bosco."

"Sì," dissi, sentendo una fitta al cuore. "Il suo nome è... il suo nome era Knifold."

Mazel annuì gravemente. "La sua morte rende possibile il nostro domani." Poggiò il palmo della mano sulla tempia.

"La sua morte rende possibile il nostro domani," gli feci eco.

"Non devi dirmi tutto quello che è successo, non ancora. Possiamo aspettare."

"Mazel, voglio vedere mia nipote."

"Presto. Ora devi riposare. E visto che stiamo parlando di riposo, ho qualcosa che fa al caso tuo."

Si girò e prese una tazza fumante dal comodino. "Questa ti aiuterà con i tuoi incubi."

Fissai il contenuto: una sostanza densa, di un intenso colore rosso.

"Ho chiesto al guaritore di prepararlo per te."

Era da lì che veniva l'odore familiare. "Un ammazza-sogni," dissi. "Devo aver urlato parecchio per farti preoc-cupare in questo modo."

"Una volta una persona saggia mi disse che quando un guardaboschi va a dormire, condivide il letto con tutti i demoni che ha ucciso. Questo è il mio modo per aiutarti a portare il fardello." Il volto di Mazel si rabbuiò. "Sono addolorato per Telia, ma sono certo che ti stia tenendo un posto vicino all'Albero Eterno."

Annuii, ma non dissi altro. Presi la pozione e la bevvi in silenzio.

"Ora riposa, Tav. Non devi preoccuparti più di nulla."

Il mio corpo sembrò alleggerirsi, e la pozione mi benedisse con un sonno senza sogni.

LA SECONDA VOLTA che mi svegliai, trovai Blanchette al mio capezzale.

"Ciao," disse. Aveva il sorriso stanco di chi non dorme da giorni.

Sbattei le palpebre, combattendo gli ultimi effetti dell'erbasphiria. "Come stai?"

"Dovrei essere io a farti quella domanda. Vuoi un po' d'acqua?"

Annuii.

Blanchette mi aiutò a bere.

"Per quanto tempo ho dormito?" chiesi.

"Da quando hai parlato con Mazel? Un giorno, ma i guardaboschi ti hanno svegliato qualche volta per farti mangiare. Poi ti hanno ridato la pozione e ti sei riaddormentata. Non ricordi nulla?"

"No," grugnii. La testa sembrava sul punto di spaccarsi.

Blanchette si girò verso il comodino. "Guarda, ho pulito la tua ascia."

Mi voltai e vidi Sappheria, lucente come una stella di metallo.

"Blanchette," dissi, incapace di guardarla negli occhi. "Ho fallito. Non sono riuscita a proteggervi. Io... Io... Darei la mia vita per riaverla indietro."

"Ricordi le storie che hai promesso di raccontarmi?"

Aggrottai la fronte. "Storie?"

"Sì, hai promesso che avresti raccontato delle storie sulla tua vita da guardiana. Mentre stavi dormendo Mazel me ne ha raccontate alcune. Mamma mi ha sempre detto di non farti domande sul tuo passato. Ora so il perché."

"Tua madre aveva ragione. Se non fosse stato per me..."

"Ora saremmo tutti morti. Penso... penso che mamma avesse paura che diventassi come te."

"Che cosa?"

"Ti ammirava, anche se non lo dava a vedere. È solo che... aveva paura."

"Blanchette. Avrei dovuto proteggerti..."

"Da che cosa? Dal mio destino? Neanche tu sei così brava, nonna." Blanchette si sporse verso di me e mi carezzò il volto.

Le sue parole mi fecero capire qualcosa che avrei dovuto comprendere molto tempo prima.

Il desiderio di chiunque è proteggere i propri cari dai pericoli che si annidano nell'oscurità. Ma il mondo è fatto di oscurità, e tenendogli nascosta quella parte li rendiamo facili prede. Il mio errore non era stato quello di aver fallito nel proteggere Telia o Blanchette, ma quello di avere la presunzione di credere che potevano essere protette.

Mazel entrò nella stanza portando con sé una ciotola fumante. "Ah, sei sveglia. Ottimo tempismo. Il pranzo è pronto."

Il guardaboschi era seguito da un giovane vestito con

un lungo abito blu coperto da una pelliccia di scoiattoli. Dalla borsa di cuoio a tracolla spuntavano numerose pergamene, e diverse piume decorava la sua cintura.

"Hai portato con te un bardo?" chiesi, aggrottando la fronte.

"Non ho avuto molta scelta." Mazel posò la ciotola sul comodino. "Quando il comandante ha visto il tuo nome sulla missiva, lo ha incluso nella spedizione. E ha insistito che lo utilizzassimo."

"Unica Madre." Scossi la testa. "Sai che cosa penso dei cantastorie."

"Lo so, lo so. Ma cerca di metterti nei miei stivali. Il comandante è stato adamantino. È l'unico modo in cui posso ascoltare il tuo rapporto."

Guardai Mazel, poi il bardo e feci per replicare.

"Nonna," disse Blanchette. "Anch'io vorrei ascoltare la storia. Voglio sapere come tutto è iniziato."

Sospirai. "Va bene, allora. Aiutami a mettermi dritta."

Blanchette mise un cuscino contro il parapetto del letto per fare in modo che potessi stare seduta.

"Mettetevi comodi," dissi. "Ci vorrà un po' di tempo."

Guardai il bardo sedersi su uno sgabello, impaziente come un bambino. "Da dove comincerà, mia Signora?" chiese, la penna d'oca pronta a battezzare la pergamena.

"Dall'inizio," dissi, guardando Blanchette. "Scrivi questo: era buio dentro al lupo."

Fine

Vuoi leggere un'altra avventura con una forte protagonista e un finale inaspettato? Ti presento *Signore del Tempo*.

Continua a leggere per un esclusivo estratto del libro.

RINGRAZIAMENTI

Grazie ad Alessandro, Mana, Sev, Donna, Lena, Crystal, Alberto, Raffaella, Chiara e Dorotea per aver letto *Questi oscuri presagi* e per aver fornito preziosi pareri.

Siete i stati gli araldi del ritorno di Tavana.

L'AUTORE

Sono un autore indipendente con una grande passione per i viaggi senza meta, i cieli stellati, il body building, i fuochi d'artificio, le notti di mezza estate e quello strano suono che fanno le conchiglie vuote se le si avvicina all'orecchio.

Flirto da tempo con diversi generi letterari, ma sono ufficialmente sposato con fantasy e fantascienza (intrattengo una relazione segreta con la saggistica di stampo politico-internazionale, ma non ditelo alle signore fantasy e fantascienza!).

Condivido anche risorse su come produrre, pubblicare e pubblicizzare indipendentemente sul mio sito www.CrediNellaTuaStoria.com e sul mio canale YouTube.

Quando non sono impegnato a inseguire draghi o a padroneggiare la Forza, divoro libri su Goodreads (GoodreadsAuthor) e gironzolo su Facebook (/Amitrani-Michele).

ESTRATTO DI SIGNORE DEL TEMPO

Prologo

I nomi sono il linguaggio del destino. Poche persone sanno brandire il potere che deriva dal loro utilizzo.

Quando dai un nome a qualcosa, o a qualcuno, quella cosa o quella persona diventa il nome stesso, e da quel momento in poi non può essere altro se non il significato a cui l'hai legata.

Le storie iniziano e finiscono con un nome. Senza di esso, il tessuto di un racconto perderebbe la sua struttura. Non ci sarebbe un inizio, uno svolgimento, e una fine.

L'unica cosa più potente di una persona che conosce la verità interiore del proprio nome è una persona che possiede molti nomi. Un individuo del genere porta con sé la promessa del cambiamento perché può essere molte cose allo stesso tempo, oppure qualcosa di mai esistito prima.

Il mattino portò un vento impetuoso che si mosse tra i palazzi della città come un serpente senza fine. Il cielo nuvoloso anticipava una giornata di pioggia, e le strade ancora bagnate raccontavano la storia dell'acqua che aveva battezzato l'asfalto la notte prima.

Tutti gli abitanti della città si stavano preparando all'inizio di un nuovo giorno. Tutti tranne lui.

Per lui, un giorno non sarebbe mai stato qualcosa di nuovo o di vecchio, qualcosa che poteva trascorrere e finire; non era un semplice anello aggiunto alla catena della storia: era una goccia d'acqua che cade in un fiume.

'Lui' era una figura alta, vestita di nero, con un berretto e un paio di occhiali da sole. Possedeva qualcos'altro oltre a quei vestiti scuri: una collezione infinita di nomi, e li disprezzava dal primo all'ultimo. Quei nomi erano storie che qualcun altro gli aveva imposto, bugie che avevano assunto una forma propria, delle quali lui non riusciva a liberarsi. I nomi hanno un modo di attaccarsi al tuo essere, come cozze su uno scoglio. E non puoi fare assolutamente niente per liberartene.

Anche l'edificio che stava guardando aveva un nome. Era la struttura più alta della città, fatta di vetro splendente e acciaio talmente lucido da riflettere le nuvole del cielo. Completato meno di un anno prima, brillava come tutte le cose nuove presentate con orgoglio dall'ingegno umano. Era magnifico, imponente, e indubbiamente troppo pomposo.

Lo chiamavano la 'Lancia', un nome appropriato per un edificio la cui forma sembrava fatta per bucare il cielo con l'arroganza di una moderna Torre di Babele.

La figura vestita di nero era affascinata. La Lancia era

esattamente ciò di cui aveva bisogno, un campo di grano pronto per essere mietuto. Dentro quel luogo si trovavano molti nomi, ognuno con una storia legata indissolubilmente all'edificio.

Quelle storie erano piene di bisogni che potevano essere soddisfatti per il giusto prezzo. Aveva solo bisogno di una chiave per entrare in quel forziere, e di un modo per ascoltare quelle storie e usarle a suo vantaggio.

Trovare quella chiave sarebbe stata un'operazione lunga e complicata, naturalmente. Sapeva già che avrebbe fallito molte volte e avrebbe dovuto ricominciare da zero.

La figura svettante guardò il suo orologio da polso. Le lancette erano ferme, intrappolate nell'ambra del momento. Sorrise con una smorfia che serbava divertimento e fascino in egual misura mentre spostava lo sguardo verso la Lancia.

La prospettiva del fallimento non lo scoraggiava. Ogni impresa richiede un investimento di tempo, e lui era disposto a usare tutto quello di cui disponeva per riuscire nel suo intento.

L'ingresso principale della Lancia era sorvegliato da due uomini della sicurezza. Uno era alto e muscoloso: il suo nome era Logan. L'altro era ancora più alto e, se possibile, ancora più muscoloso. Si chiamava Bob.

In quel momento, entrambi sembravano annoiati a morte dal loro lavoro.

Non succedeva mai niente dentro la Lancia, o in qualsiasi altro posto della proprietà. Il ruolo delle due guardie era più che altro cerimoniale. Erano spaventapasseri ben vestiti, pagati per annuire professionalmente quando le persone che lavoravano nell'edificio si avvicinavano per mostrare i loro tesserini.

Mancavano pochi minuti alle nove del mattino, l'ora in cui iniziava la giornata lavorativa per i dipendenti della Lancia.

Un uomo basso, con una calvizie incipiente e un monocromatico completo grigio-verde, corse verso l'entrata. Passò il tesserino di riconoscimento su una colonnina di metallo mentre gettava un'occhiata nervosa al suo orologio da polso, quindi entrò dentro l'edificio senza neppure guardare le due guardie.

"Quel tipo sarà stato l'ultimo ritardatario," dichiarò Logan, guardando il suo cellulare. "L'ora di punta è finita."

"Già," disse Bob, sbadigliando.

"Sembra che pioverà anche oggi, eh?" Logan guardò il cielo, strofinandosi pigramente la fronte.

"Immagino di sì." Bob sentì che doveva aggiungere qualcos'altro per non sembrare rude. Il collega stava evidentemente sforzandosi di fare un po' di conversazione. "Come sta Betty?" chiese.

"Si lamenta del suo insegnante di yoga," rispose Logan. "Per la *centesima* volta. Dice che tutti i tappetini della palestra puzzano di sudore, così come i blocchi, i rinforzi e i pesi." Sospirò. "Per lei anche i dannati specchi puzzano."

"È incinta, per caso?"

Logan sembrò riflettere un po' sulla domanda. Alla fine scrollò le spalle. "Dio, spero di no," disse.

Nessuno dei due trovò nient'altro da aggiungere, finché Logan si voltò verso l'entrata. "Vado a pisciare."

Bob annuì. Si stiracchiò e lasciò andare un altro sbadiglio, e fu in quel momento che colse un movimento con la coda dell'occhio: qualcosa di scuro, dall'altra parte dell'entrata.

Si girò di scatto. Un uomo alto si trovava a pochi metri dall'ingresso. Indossava un lungo impermeabile nero, un berretto dello stesso colore e un paio di occhiali da sole. Le mani coperte da guanti stavano reggendo una grossa macchina fotografica.

Bob sbatté le palpebre e si guardò intorno. Non aveva visto quel tizio entrare dall'ingresso. Iniziò a camminare verso di lui.

"Signore?" lo chiamò.

Lo sconosciuto non sembrò sentirlo. Alzò la macchina fotografica, la puntò verso un dipendente che si stava dirigendo verso un ascensore e scattò una foto.

"Mi scusi, signore," disse Bob, questa volta più forte. "Non sono permesse fotografie all'interno dell'edificio."

"Davvero?" L'uomo non si girò a guardarlo. Scosse la testa mentre studiava l'anteprima della foto che aveva scattato. "No," borbottò sbrigativamente. "A questo qui rimane fin troppo tempo." Fece spaziare lo sguardo nella lobby e scattò una foto a un'altra persona.

"Mi ha sentito?"

"Forte e chiaro, giovanotto. Perché mai non è permesso?"

"Ragioni di sicurezza."

"Ragioni di sicurezza?" Lo sconosciuto sembrò ponderare la risposta. Ancora una volta studiò l'anteprima della foto che aveva appena scattato, e questa volta sorrise. Finalmente si voltò per guardare Bob. "La sicurezza di chi?" chiese. "La *mia* sicurezza? La *tua*? La sicurezza del *sistema*?" Allargò le braccia, come se stesse indicando il mondo. "Devi essere più chiaro se vuoi che prenda sul serio questa tua *sicurezza*."

"Come è entrato?"

Lo sconosciuto indicò l'ingresso con il mento. "Attraverso la porta principale."

Bob si avvicinò. "Lavora qui?"

"Certo." L'uomo mostrò la macchina fotografica. "Non vedi che sto lavorando?"

"Non credo proprio. Andiamo, mi dica come è entrato."

"Te l'ho detto. Ho usato l'entrata principale."

"Non l'ho vista passare."

"Lo spero bene, altrimenti saresti molto più interessante di quello che sembri."

"Io..." Bob lasciò la frase in sospeso. C'era qualcosa di strano in quella persona, nel modo in cui parlava e... beh, era qualcosa che non riusciva davvero a spiegare. "Signore, devo chiederle di darmi quella..."

"Come ti chiami, giovanotto?"

"Come dice?"

"Ti ho chiesto come ti chiami."

"Bob," disse la guardia sbrigativamente. "Ora ascolti. Ho bisogno che mi dia la..."

"Ah, Bob." Lo sconosciuto fece un cenno del capo, come se avesse appena risolto un enigma. "La forma diminutiva del nome Robert, usata anche come diminutivo per Bobby."

"Senta, non può starsene qui dentro a..."

"Conosci la storia del tuo nome, Bob?"

"Cosa?"

"Ha radici antiche, sepolte nel profondo della storia europea. Creare rime di nomi propri era una pratica in voga nel Medioevo, un vero e proprio passatempo. È così che William è diventato Will, Bill, o Gill, e Robert è diventato Rob, Hob, Nob, o Bob. Forgiare nomi è un'arte affascinante, quasi esoterica, e decisamente pericolosa. Sai perché, Bob?"

"Devo chiederle di..."

"Ti dirò perché," continuò imperterrito l'intruso, indifferente alle maniere perentorie della guardia. "Il significato di un nome gioca un ruolo enorme nella vita di una persona, plasma la sua storia e può influenzare molto di quello che farà."

Bob aprì la bocca, ma non riuscì a replicare. C'era qualcosa di ipnotico nella voce dello sconosciuto.

"Le persone che incontri, le azioni che svolgi, la donna che ami; così tanto è influenzato dal potere di un nome. Purtroppo per te, il tuo nome è decisamente noioso. Non che mi sorprenda. Non mi aspettavo nient'altro da una persona che sacrifica il suo tempo sull'altare dell'ignavia."

Bob allungò la mano, ora a pochi passi di distanza dallo strambo. "Avrò bisogno di quella macchina fotografica, signore. *Subito*."

"Questa?"

"Sì. Quella lì."

"Va bene. Prendila." L'uomo gli porse la macchina fotografica, e Bob fece per prenderla, ma all'ultimo momento lo sconosciuto tirò indietro la mano. "Ma prima," disse con un largo sorriso, "non vuoi che ti dica il mio nome?"

Bob prese la radio dalla cintura. "Controllo? Ho un 7-0-1 nel..."

Non finì mai la frase.

Si ritrovò davanti all'ingresso principale della Lancia, la bocca aperta come se avesse appena sbadigliato. Come era arrivato lì?

"Quel tipo sarà stato l'ultimo ritardatario," dichiarò Logan, guardando il suo cellulare. "L'ora di punta è finita."

Bob si voltò bruscamente a destra, dove trovò il suo collega che lo guardava con un'espressione annoiata.

Passò un lungo momento prima che Bob dicesse in tono esitante: "Già."

"Sembra che pioverà anche oggi, eh?" Logan guardò il cielo, strofinandosi pigramente la fronte.

"Immagino di sì," rispose automaticamente Bob, come se stesse leggendo le battute di un copione. Gettò lo sguardo dietro di sé, dove pochi secondi prima credeva di aver visto qualcuno. Non c'era niente.

"Come sta Betty?" disse poco dopo, sentendosi spinto a fare quella domanda.

"Si lamenta del suo insegnante di yoga," rispose Logan. "Per la *centesima* volta. Dice che tutti i tappetini della palestra puzzano di sudore, così come i blocchi, i rinforzi e i pesi." Sospirò. "Per lei anche i dannati specchi puzzano."

"È incinta, per cas..." Bob s'interruppe, aggrottando la fronte. Guardò il collega con un'espressione confusa.

"Ehi, stai bene?"

"Aspetta un attimo," disse Bob. "Non abbiamo già avuto questa conversazione?"

"Certo che sì," disse Logan con un sorriso stanco. "Cielo, mi sembra che parliamo delle stesse cose tutti i giorni. Che ti prende, compare? Stai avendo un piccolo déjà vu?"

Bob fissò Logan con occhi sgranati, come se quelle due parole spiegassero finalmente il mistero. "Sì," ammise, un po' imbarazzato. "Credo proprio di sì."

"Vado a pisciare," Logan gli diede una pacca sulla spalla.

"Va... va bene."

L'altra guardia se ne andò ridacchiando.

A Bob non restò altro che guardarsi attorno con un'espressione persa, pensando all'eco di un evento che non era mai avvenuto.

L'uomo grigio

Alfred White si svegliò al suono di una sveglia. Si alzò dal letto con un movimento fluido, prese il telefono dal comodino e spense la fastidiosa fonte del rumore. Poi guardò il display con occhi stanchi; erano le sette e mezza del mattino.

Si alzò dal letto e si diresse verso il bagno.

Dalla finestra a vasistas proveniva il rumore del traffico mattutino, una sinfonia di clacson inframezzata da occasionali imprecazioni da parte dei guidatori più stressati.

Il suo appartamento si trovava al secondo piano di un edificio vicino al centro città. Alfred poteva sentire la gente che parlava per strada, cogliendo frammenti delle loro conversazioni. A volte di notte, quando i negozi erano chiusi e le automobili meno numerose, sentiva le grida isteriche di uno dei senzatetto del quartiere come se l'uomo si trovasse accanto a lui. Non era facile dormire in quella situazione, ma ad Alfred quell'appartamento andava a genio perché l'affitto costava poco e il posto in cui lavorava era a pochi isolati di distanza.

Era proprio il suo nuovo lavoro il motivo per cui si era trasferito nella grande metropoli. Non conosceva anima viva, e non sapeva se gli sarebbe piaciuto stare lì, ma il fatto di essere riuscito ad assicurarsi un cubicolo alla Lancia lo aveva convinto a fare le valigie e a iniziare la sua nuova vita.

Il suo nuovo impiego si era rivelato stressante e impegnativo. Aveva dovuto superare una mezza dozzina di colloqui solo per avere il privilegio di poter parlare con il suo Project Manager, una persona poco impressionabile che Alfred aveva dovuto impressionare *parecchio* per essere assunto.

Non si lavora per la terza compagnia più grande del paese senza sudare sangue, ma ora che si era finalmente guadagnato il suo posto al ventiquattresimo piano della Lancia, sentiva che le cose sarebbero andate migliorando.

In bagno c'era uno specchio dove era solito guardarsi prima di uscire, ma aveva smesso di farlo diversi giorni prima. Sapeva bene cosa avrebbe visto: occhi scuri assediati da ombre, guance cave, pelle che era diventata più bianca che rosa, e linee profonde sulla fronte che lo facevano sembrare molto più vecchio di quanto non fosse. Sapeva che era dimagrito parecchio - aveva perso più di cinque chili nelle ultime due settimane - ma ad Alfred non importava molto. Il decadimento fisico era una scocciatura temporanea, causata dallo stress di trasferirsi nella città e dalle molte responsabilità del suo nuovo lavoro.

Ben presto si sarebbe abituato al ritmo frenetico della sua nuova vita, e la situazione sarebbe migliorata. Ne era certo.

Non gli venne in mente che aveva avuto la stessa, identica conversazione mentale anche il giorno prima.

Dopo essersi lavato e asciugato, aprì il guardaroba. Trovò cinque camicie bianche affiancate a cinque giacche grigio acciaio che a loro volta erano vicino a cinque paia di pantaloni dello stesso colore. Alfred prese una giacca, un paio di pantaloni e una camicia e iniziò a vestirsi.

Quando fu pronto, prese l'ombrello dall'appendiabiti e lasciò l'appartamento sentendosi più stanco di quando era tornato la sera prima.

Nuvole color ferro coprivano un sole che sembrava perennemente oscurato.

Un forte vento soffiava da nord, spostando i rami degli alberi completamente spogli allineati lungo Main Street. Erano gli alberi più striminziti che Alfred avesse mai visto, i tronchi di un marrone scuro che ricordava il colore del fango.

Molte altre persone stavano camminando per il viale, gli occhi fissi sui loro cellulari; ognuno era concentrato sulle immagini, messaggi e notifiche dei loro dispositivi portatili.

Alfred non era da meno. Anche lui fissava lo schermo come se da quello dipendesse la sua vita.

Arrivò all'incrocio tra Daw e Main dove la venditrice di giornali di strada - una donna sulla quarantina con capelli lunghi e aggrovigliati, un cappotto logoro e un paio di pesanti stivali da pioggia - stava gridando: "Il consiglio comunale approva lo sgravio fiscale." Alcuni dei passanti si fermarono a comprare un giornale, ma la maggior parte la superarono senza neppure guardarla.

Al secondo incrocio, Alfred girò a sinistra, entrando in una strada più stretta e meno affollata, al termine della quale era parcheggiato un camioncino. All'interno del veicolo una signora dai tratti asiatici vendeva un dolce che assomigliava molto a una crepe.

Alfred non riusciva mai a ricordarsi il nome dello snack. La proprietaria del chiosco glielo aveva detto la prima volta che lo aveva ordinato, qualcosa di simile a *kanbuag* o *kannung*. Per evitare figuracce, Alfred lo chiamava semplicemente *kanni*.

I kanni erano diventati la sua colazione abituale da quando si era trasferito in città.

Si mise in fila, aspettando il suo turno, e una volta davanti al chiosco, la signora lo salutò con un sorriso.

"Sawatdee ka," disse. "Il solito, oggi?"

"Sì." Alfred si strofinò le mani. "Un kanni, per favore."

Dopo pochi secondi la venditrice gli passò la crepe ripiena di crema bianca.

"Crema extra, oggi," disse con un forte accento, indicando lo stomaco di Alfred. "Sei magro e pallido! Eh? Devi mangiare di più, va bene?"

"Hai ragione," disse Alfred, sorridendo. "Grazie."

"Come va il lavoro, eh?" chiese, mentre si puliva le mani su un asciugamano. "Sempre occupato?"

"Sempre," confermò Alfred, ripetendo la stessa conversazione che avevano tutte le mattine. "Anche tu." Si guardò alle spalle. "Sembra che l'intera città si sia messa in fila per i tuoi kanni."

"Cibo a buon mercato," disse la donna, annuendo energicamente. "Cibo buono! Li rendo felici. I clienti parlano con gli amici, e vengono da me per averne di più. Mi prendo cura di loro, loro si prendono cura delle mie bollette."

"E il mondo è un posto più felice." Alfred le consegnò una banconota da dieci dollari.

"Troppo," disse la donna, prendendo i soldi con ostentata riluttanza.

"Insisto."

"Sei un brav'uomo. Ogni giorno molto generoso. Il mio cliente migliore."

"Troppo buona. Ci vediamo domani."

"A domani."

Mentre tornava verso Main Street, Alfred rifletté su quello che gli aveva detto la venditrice. Ora che ci pensava, aveva sempre dato mance molto alte. Quanti soldi aveva speso per tutti quei kanni nelle settimane passate? Non ci aveva mai pensato prima.

Decise che avrebbe fatto meglio a segnarsi i soldi spesi per la colazione. Prese il cellulare per appuntarsi il promemoria, ma una volta acceso lo schermo si dimenticò completamente della risoluzione. Un annuncio pubblicitario su internet lo portò su un sito che vendeva scarpe. Aveva davvero bisogno di comprarne un nuovo paio. Il suo Project Manager gli aveva fatto capire che le sue scarpe erano della sfumatura sbagliata di nero. Alfred non pensava che esistesse qualcosa come una 'sfumatura di nero', magari una sfumatura di *grigio*, ma ovviamente contraddire il suo capo era l'ultima cosa che voleva. Aveva passato gli ultimi due giorni a cercare di trovare le scarpe giuste, ma tutte quelle che gli erano state suggerite costavano un occhio della testa. Purtroppo, non poteva più rimandare. Aveva ricevuto una specie di ultimatum, e non poteva rischiare di diventare la pecora nera dell'ufficio.

Il cellulare gli comunicò che l'acquisto era stato completato quando giunse alla fine di Main Street.

Acciaio, vetro e cemento componevano quel mondo fatto di negozi, marciapiedi e semafori. Ma c'era dell'altro, se si guardava con più attenzione.

A meno di un isolato di distanza c'era un alto cancello con una targa di metallo su cui era scritto: 'Benvenuti ad Aion Park'.

Oltre il cancello si poteva scorgere una vasta zona verde delimitata da una recinzione in ferro battuto.

Alfred entrò nel parco e ben presto fu circondato da alberi, stagni e uccelli cinguettanti. La differenza rispetto al resto della città era impressionante: era quasi come camminare su un altro pianeta. Alcune persone portavano a spasso i loro cani; mamme con i passeggini zittivano i neonati che piangevano, e adolescenti su skateboard facevano acrobazie tra una panchina e l'altra.

Alfred aveva scoperto il parco meno di una settimana prima. Non avendo una macchina e non essendo un appassionato dei trasporti pubblici, era stato felice di scoprire che camminare attraverso quell'oasi verde gli faceva risparmiare quasi dieci minuti di cammino.

"Scusa, giovanotto. Sai che ore sono?"

Alfred si girò verso la voce. C'era un uomo seduto su una panchina circondata da alberi di limoni. Indossava un lungo cappotto color carbone che lo copriva dal collo alle ginocchia, e un berretto dello stesso colore che contrastava con il suo viso pallido.

"Scusi?" Alfred si guardò intorno con aria confusa. "Stava parlando con me?"

"Assolutamente sì," disse lo sconosciuto, guardandolo da dietro un paio di occhiali da sole. "Ti stavo chiedendo che ore sono." Indicò con un cenno della testa il cellulare di Alfred.

"Ah, okay," disse Alfred. "Mi scusi, ero distratto." Notò che l'uomo indossava un orologio da polso. "Quello non le funziona più?"

"Questo?" Lo sconosciuto sfiorò l'orologio con una mano e scosse la testa. "Questo funziona benissimo, ma non mi dice che ore sono. Non più." Sorrise, come se avesse appena fatto una battuta.

Alfred si schiarì la gola e controllò il cellulare. "Sono le nove meno un quarto."

"Bene," disse l'altro, con aria soddisfatta. "E per caso sai anche che tempo farà, oggi?"

Alfred aggrottò la fronte mentre esaminava il cielo pieno di nuvole. "Credo che sia abbastanza ovvio che stia per piovere."

"È un tuo presentimento, o quello che ti suggerisce il tuo gadget tecnologico?"

Alfred guardò il suo cellulare. Scrollò le spalle. "Direi entrambe le cose."

"Quindi *pensi* che pioverà. Purtroppo questo non risponde alla mia domanda, visto che non sai per certo se abbiamo bisogno di un ombrello oppure no."

"Beh, non credo che ci sia una risposta definitiva alla sua domanda," disse Alfred, facendo spallucce. "C'è un motivo se le chiamano 'previsioni' del tempo."

"*Previsioni*," ripeté lo sconosciuto con l'espressione di qualcuno che aveva appena bevuto latte scaduto. "Non sarebbe bello saperlo *per certo*?"

Alfred aprì la bocca, poi la richiuse. Che razza di domanda era? Fece un respiro profondo, e ricominciò a camminare. Non aveva tempo per i perdigiorno.

"Che mi dici del tuo *khanom buang*? Ti piace?"

Alfred si fermò di scatto. "Il mio... che?"

L'uomo indicò la crepe. "Sembra una delle prelibatezze vendute dalla dolce signora a Keeper Street. Sbaglio?"

"Oh, *questo*?" Alfred guardò la sua colazione. "Sì, è molto buono."

"Mi stupirei del contrario. Ti ho visto camminare per il parco nei giorni passati. Ne avevi sempre uno in mano. Devi essere un giovanotto a cui piace seguire una routine. Sai, anch'io sono un fan delle abitudini." Gettò uno sguardo verso un paio di persone che stavano passando in quel momento. "Mi piace sedermi su questa panchina a guardare la brava gente di questa città: tipi abitudinari come te, mai in ritardo, sempre dove dovrebbero essere. Stavi andando al lavoro, immagino."

"Esatto," disse frettolosamente Alfred, cogliendo la palla al balzo. "Stavo proprio per..."

"Dev'essere davvero un lavoro coi fiocchi se ti preoccupi di arrivare tutti i giorni in anticipo."

"Hmm, sì certo. Lo è. Si sta facendo tardi. Devo andare."

"Certo che devi andare," disse l'altro, come se Alfred avesse pronunciato una verità universale. "Il ritardo è sempre in agguato. Bisogna combatterlo con tutte le nostre forze. È stato un piacere conoscerti, signor..."

"Mi chiamo Alfred. Alfred White."

"Alfred," l'uomo annuì. "Un moderno derivato del nome anglosassone Ælfræd, formato dal legame delle parole germaniche ælf, che significa 'elfo', e *ræd*, che significa 'consiglio'. Un nome comune; e allo stesso tempo un nome usato da re, artisti e intrattenitori. Piacere di conoscerti, Alfred White." L'uomo gli porse la mano e aggiunse: "Pacifico."

"Mi scusi?"

"È il mio nome. Mi chiamo Pacifico."

Alfred gli strinse la mano.

"Passa una giornata incredibilmente monotona, giovanotto."

"O-okay." Alfred si voltò e se ne andò il più velocemente possibile. Fu difficile non guardarsi alle spalle.

Pacifico? Che razza di nome era? Per non parlare dei

suoi vestiti. Sembrava qualcuno che aveva visto il film *Matrix* una volta di troppo. Era decisamente uno strambo.

Qualche minuto dopo Alfred arrivò alla fine del parco, attraversò un altro cancello e si ritrovò di nuovo all'interno del mondo fatto di asfalto, vetro e acciaio.

Di fronte a lui un imponente grattacielo - alto centoundici piani e più lucido di un diamante - dominava tutto il resto. Era l'edificio in cui lavorava: il più recente acquisto del quartiere finanziario, il simbolo stesso del mondo corporativo che generava migliaia di posti di lavoro e faceva confluire milioni di dollari nella metropoli. Qualcuno diceva scherzosamente che il vetro di cui era fatto sarebbe stato sufficiente a ricoprire un piccolo pianeta.

Un flusso di persone si stava dirigendo verso l'entrata principale come un esercito di formiche che cercava rifugio in un gigantesco formicaio.

Alfred mise il tesserino di riconoscimento sulla colonna che permetteva l'accesso, superò le due guardie ed entrò nella Lancia.

L'interno dell'edificio faceva sembrare le persone piccole e insignificanti. Alfred salì su uno degli ascensori e premette il pulsante per il ventiquattresimo piano. L'ascensore era pieno di gente in giacca e cravatta, tutti con le espressioni perse nel vuoto.

Giunto al ventiquattresimo piano Alfred scese dall'ascensore, attraversò un labirinto di corridoi bianchi fino al suo cubicolo, il più lontano dall'ufficio del capo reparto. La sua sezione era arredata con una semplice scrivania bianca, un computer, una sedia di plastica e un piccolo tritacarte.

Nel cubicolo alla sua sinistra, Jack Smith stava digitando sulla tastiera. Jack aveva il doppio dei suoi anni e il triplo della sua taglia. I suoi occhi erano costantemente spenti, le sue spalle ricurve, e da quando Alfred lo aveva visto per la prima volta, Jack sembrava sempre impegnato a masticare qualcosa, il più delle volte un qualche tipo di snack a buon mercato. Quella mattina stava sgranocchiando delle patatine al curry mentre sorseggiava una tazza di caffè.

Alfred gli aveva parlato solo due volte da quando aveva iniziato a lavorare nella Lancia: la prima volta si era semplicemente presentato, e la seconda gli aveva chiesto dove fosse il bagno. Entrambe le volte Jack era sembrato infastidito dal fatto che la sua bocca fosse stata costretta a fare qualcosa di diverso dal masticare.

Alfred distolse lo sguardo da Jack e guardò il cubicolo alla sua destra. Quello era il dominio della signora Debby Johnson, con la quale Alfred aveva parlato solo una volta, quando lei gli aveva fatto notare in tono perentorio che il suo modo di digitare sulla tastiera era troppo rumoroso. Alfred si era scusato, ovviamente, e da quel momento in poi aveva fatto del suo meglio per scrivere nel modo più silenzioso possibile.

Gli altri colleghi per lo più lo ignoravano o gli facevano notare per quale motivo il nodo four-in-hand della sua cravatta avrebbe dovuto essere un Windsor, o cose del genere.

Dai loro commenti e dal loro atteggiamento, Alfred aveva imparato una lezione molto importante: se volevi sopravvivere dentro al ventiquattresimo piano, dovevi tenere la testa bassa e fare quello che ti veniva detto. Da quello che aveva capito dal suo Project Manager, il signor Solidali, pochissime nuove assunzioni duravano più di un mese. Solo se arrivavi al secondo mese eri considerato più di un corpo che consumava ossigeno.

La persona con cui aveva parlato di più fino a quel momento era proprio il suo Project Manager, un uomo di mezza età con gli occhi costantemente in movimento, come se cercasse qualcosa fuori posto. Solidali era il braccio destro del caporeparto, e Alfred faceva tutto quello che poteva per rimanere nelle sue grazie, o almeno per non stargli antipatico, visto che farlo equivaleva a inimicarsi l'unica persona che distribuiva serbatoi di ossigeno nello spazio.

Alfred stava per sedersi quando sentì dei passi avvicinarsi.

"White?" Era l'inconfondibile voce stridula del signor Solidali.

"Giorno, capo," disse Alfred, sorridendo al suo superiore. Poi tentò la fortuna aggiungendo: "Come va?"

Il signor Solidali ignorò la domanda di Alfred e diede invece un'occhiata al suo orologio. "Sei arrivato a meno di cinque minuti dal *Punto di Rottura*. Sei uno a cui piace correre rischi, White?"

Alfred deglutì. Il *Punto di Rottura* era il termine che si usava nell'ufficio per descrivere l'essere in 'ritardo', che era esattamente l'opposto di quello che voleva Alfred, visto che aspirava non solo ad arrivare al secondo mese, ma anche ad avere una carriera di successo nella Lancia.

"No, signore," disse Alfred, mettendosi quasi sull'attenti. "Niente affatto. Mi piace correre meno rischi di un… di un…" Aprì e chiuse la bocca in modo comico, cercando di finire la frase in modo intelligente, ma non riuscì a trovare niente di meglio che: "...di un fornitore di polizze assicurative. Signore."

Alfred rise nervosamente. Il signor Solidali gli lanciò uno sguardo glaciale, poi mise una pila di fogli sulla sua scrivania.

"A mezzogiorno avrò bisogno di un'analisi dettagliata di questo rapporto," disse. "Fammelo di due pagine. Anzi. Dammene una sola, non ho tempo per le fesserie. Mi raccomando, solo lo stretto indispensabile. Chiaro? Non fare commenti sagaci, questa volta. Nessuno ha bisogno di conoscere le radici linguistiche della parola *incentivare*."

"Sì, signore. Cristallino."

Solidali ispezionò le scarpe di Alfred come se una presenza invisibile gliele avesse fatte presenti. Strinse le labbra e guardò il suo sottoposto come se fosse direttamente responsabile del buco dell'ozono, quindi sbuffò e se ne andò a grandi falcate.

Alfred collassò sulla sedia, sospirando.

"Silenzio, per favore!" Era la voce sgradevole di Debby Johnson. "C'è gente che sta cercando di lavorare!"

"Mi scusi," disse Alfred. Iniziò a smistare la pila di carte.

Meno di un'ora dopo si era completamente dimenticato dell'uomo chiamato Pacifico.

L'ingannatore

Alfred White si svegliò al suono di una sveglia. Si alzò dal letto con un movimento fluido, prese il telefono dal comodino e spense la fastidiosa fonte del rumore. Poi guardò il display con occhi stanchi; erano le sette e mezza del mattino.

Seguì la sua routine mattutina come se l'avesse copiata e incollata dal giorno prima. Si fece una doccia, evitò accuratamente il suo riflesso nello specchio, si vestì e uscì.

Fuori lo aspettava un'altra giornata nuvolosa. Il vento era ancora meno clemente del giorno prima e la temperatura era scesa drasticamente.

Alfred si unì al fiume di gente che camminava su Main Street e passò accanto alla solita venditrice di giornali che questa volta proclamò un aumento vertiginoso dei costi degli affitti. Quando girò a sinistra per entrare a Keeper Street, aspettò pazientemente in fila e ordinò la sua solita colazione thailandese.

La donna gli porse il cibo con un sorriso che era l'esatta replica di quello che aveva mostrato il giorno prima. "Guarda che belle scarpe, lucide come una palla da bowling." Annuì una volta soltanto, con un gesto secco come quello di un corvo mentre studiava le scarpe di Alfred. "Questo giovanotto fa più soldi, eh? Compra cose nuove che lo rendono ancora più bello."

"Grazie. Sì, le ho comprate ieri. Sono contento che ti piacciano." Pagò in contanti, dandole una mancia ancora più generosa del solito.

Giunto al parco, una notifica apparve sul cellulare; era un'email dal signor Solidali dal titolo: "Urgente! Leggere immediatamente."

Alfred si fermò di colpo, concentrandosi sul messaggio.

"Buongiorno, Alfred White."

Alfred alzò lo sguardo dal suo telefono. Davanti a lui c'era l'uomo che aveva incontrato il giorno prima.

"Buongiorno. Ehm..." Alfred non ricordava il suo nome. Era Perry? Potter, forse? "Mi dispiace, ho dimenticato il suo nome."

"Pacifico. Il mio nome è Pacifico, come l'oceano."

"Giusto, Pacifico." Alfred gettò un'occhiata all'email. Non diceva davvero niente d'importante a parte ricordargli cose che sapeva già.

"Come te la passi?"

"Non male," rispose Alfred. Voleva andarsene, ma gli sembrò maleducato non ricambiare con la stessa domanda. "E lei?"

"Maestosamente bene," rispose Pacifico. Picchiettò il suo orologio rotto con un dito. "Mi faresti ancora il favore di dirmi l'ora?"

Alfred fece un sorriso forzato. Si chiedeva se l'uomo non avesse niente di meglio da fare che disturbare i passanti con domande stupide.

"Una curiosità, non ha un cellulare?"

"Un cellulare?" Pacifico ripeté, accigliandosi. "Perché dovrei avere un cellulare?"

"Beh, torna utile quando si vuole parlare con altre persone, senza contare che le risparmierebbe il bisogno di chiedere l'ora al primo che passa."

"Non sono d'accordo. Mi piace incontrare dal vivo le persone con cui voglio parlare. E per quanto riguarda sapere l'ora, perché ho bisogno di un cellulare quando ho te?"

Alfred prese quella risposta come la conferma che

l'uomo era decisamente strano. Pacifico continuò a fissarlo come se stesse aspettando un commento.

"Sono le nove meno dieci," disse Alfred seccamente. Intascò il telefono e iniziò ad allontanarsi. "Buona giornata."

"Le nove meno dieci? Sei sicuro? Ricontrollerei se fossi in te."

"Certo che sono sicuro." Alfred guardò il cellulare. "Ecco qui, le nove meno..." Le parole gli morirono in gola. Lo schermo mostrava le sette e trenta. "N-non capisco," disse, scuotendo la testa. Toccò lo schermo un paio di volte, ma l'ora rimase la stessa.

"C'è qualche problema, giovanotto?"

"Direi di sì. Questo dannato aggeggio non funziona più."

"Oh, il cellulare funziona benissimo," disse Pacifico; la sua voce sembrava più profonda di prima. "Il problema è il *tempo*."

Alfred lo stava a malapena ascoltando. Era troppo occupato a spegnere e riaccendere il telefono e a pregare che qualsiasi cosa fosse successa non si ripetesse.

Guardò la schermata iniziale con trepidazione e quando il display mostrò l'ora, trasse un sospiro di sollievo. "Nove meno dieci. Grazie al cielo."

"Buono a sapersi," Pacifico sorrise. "Il tempo è un imbroglione se non sai come gestirlo."

Alfred intascò il telefono. "Il mio capo mi ucciderà se arrivo in ritardo."

"Perdere il tuo lavoro sarebbe davvero la fine del mondo?"

"Chiedo scusa?"

"Mi sembra ovvio che la tua vita giri attorno a questo lavoro come una luna attorno a un pianeta. Perché è così importante?"

"Lavoro alla Lancia," disse Alfred in modo categorico, come se quel fatto spiegasse tutto quello che c'era da spiegare.

"Ah, sì. La Lancia. L'alveare più grande della città." Il viso di Pacifico era una maschera di delizia e meraviglia. "Molto bene, non voglio trattenerti oltre. Vai pure, Alfred White. Passa un'altra giornata dolorosamente consuetudinaria."

Alfred si allontanò il più velocemente possibile, cercando di non far sembrare che stesse correndo.

Quell'uomo non gli piaceva affatto. C'era qualcosa di sbagliato nel modo in cui si rivolgeva a perfetti sconosciuti, una nonchalance che gli faceva accapponare la pelle. Decise che il giorno dopo avrebbe evitato il parco. Avrebbe fatto meglio a mettere il promemoria nell'agenda prima che se ne scordasse.

In quel momento apparve un altro messaggio dal signor Solidali che diceva. "Ignorare il messaggio precedente! Questo ha priorità assoluta." Ancora una volta la mente di Alfred si concentrò sul messaggio e si scordò completamente dello scocciatore nel parco.

FINE DELL'ESTRATTO

Signore del Tempo è disponibile in formato eBook e cartaceo.